Le Cirque bleu

Du même auteur

Cinq secondes, roman, Libre Expression, 2010.

La Vraie Histoire de la série Les Lavigueur, scénario, Stanké, 2008.

Les Soupes célestes, roman, 2005, collection « 10/10 », 2009.

Un train de glace, roman, 1998, à paraître dans la collection « 10/10 ».

Les Ruelles de Caresso, roman, 1997, à paraître dans la collection « 10/10 ».

Le Cirque bleu, roman, 1996, collection « 10/10 », 2010.

Une histoire de cœur, roman, 1988, collection « 10/10 », 2009.

Le Récif du Prince, roman, 1986, collection « 10/10 », 2010.

Les Portes tournantes, roman, 1984.

Raconte-moi Massabielle, roman, 1979, collection « 10/10 », 2010.

L'Anti-livre (collectif), poésie, Éditions de l'Étoile magannée, 1972.

Jacques Savoie

Le Cirque bleu

Roman

Catalogage avant publication de Bibliothèque et Archives nationales du Québec et Bibliothèque et Archives Canada

Savoie, Jacques, 1951-

    Le cirque bleu
    (10/10)
    Éd. originale : Montréal : Courte échelle, c1995.
    Publ. à l'origine dans la coll. : Roman 16/96.
    ISBN 978-2-923662-40-4
    I. Titre. II. Collection : Québec 10/10.

PS8587.A388C57 2010   C843'.54   C2010-941195-1
PS9587.A388C57 2010

Direction de la collection : Romy Snauwaert
Logo de la collection : Chantal Boyer
Maquette de la couverture et grille intérieure : Tania Jiménez et Omeech
Mise en pages : Louise Durocher
Couverture : Chantal Boyer
Photographie de la couverture : © Shutterstock

Cet ouvrage est une œuvre de fiction ; toute ressemblance avec des personnes ou des faits réels n'est que pure coïncidence.

Remerciements
Les Éditions Libre Expression reconnaissent l'aide financière du gouvernement du Canada par l'entremise du Fonds du livre du Canada pour leurs activités d'édition. Nous remercions le Conseil des Arts du Canada et la Société de développement des entreprises culturelles du Québec (SODEC) du soutien accordé à notre programme de publication. Gouvernement du Québec – Programme de crédit d'impôt pour l'édition de livres – gestion SODEC.

© Les Éditions Libre Expression, collection 10/10, 2010

Les Éditions Libre Expression
Groupe Librex inc.
Une compagnie de Quebecor Media
La Tourelle
1055, boul. René-Lévesque Est
Bureau 800
Montréal (Québec) H2L 4S5
Tél. : 514 849-5259
Téléc. : 514 849-1388
www.edlibreexpression.com

Dépôt légal – Bibliothèque et Archives nationales du Québec et Bibliothèque et Archives Canada, 2010

ISBN 978-2-923662-40-4

Distribution au Canada
Messageries ADP
2315, rue de la Province
Longueuil (Québec) J4G 1G4
Tél. : 450 640-1234
Sans frais : 1 800 771-3022
www.messageries-adp.com

Diffusion hors Canada
Interforum
Immeuble Paryseine
3, allée de la Seine
F-94854 Ivry-sur-Seine Cedex
Tél. : 33 (0)1 49 59 10 10
www.interforum.fr

*... à Francis M.,
à Pascale et Édith*

1

Le maître de piste

Je suis arrivé par le train de six heures, celui en provenance de Chicago. Montréal dort toujours et je me demande ce que je fais dans cette ville. Il y a trois jours, je donnais mon numéro pour la dernière fois chez Barnum and Bailey ; un tour de piste sans prétention avec un éléphant. Pendant que des techniciens démontaient la cage aux lions et préparaient le prochain numéro, je faisais une petite virée avec ce gros animal qui s'appelle Lucky... tout ça en jouant de la flûte. C'est une sorte de farandole, mais l'instrument que j'utilise n'a rien à voir avec une flûte : des bouts de tuyau soudés ensemble auxquels on a fixé des cordes de violon et une table de résonance. Il suffit de parler dedans et ça fait de la musique.

Je dis que je ne sais pas ce que je fais ici, mais au fond, je le sais. J'ai une sœur qui habite par là, quelque part. Une demi-sœur, plutôt. J'ai perdu sa trace depuis un moment. Je ne sais pas où elle se trouve ni ce qu'elle fait. Elle a vingt-neuf ou trente ans. Elle est probablement incrustée dans la banlieue. Elle doit avoir des enfants.

Ça n'a pas toujours été comme ça, au cirque. Je veux dire, je n'ai pas fait que des numéros de routine. Il y a trois mois encore, je faisais équipe avec un lanceur de couteaux. Un gitan que tout le monde appelait Bobby. Il avait un succès fou à lancer des poignards sur sa nièce, une très belle fille du nom de Sally qu'il avait ramenée des pays de l'Est. Je faisais le clown autour d'eux pendant que les couteaux volaient. Un numéro qui marchait fort jusqu'à ce qu'un soir, à Oakland en Californie, tout s'arrête ! Un cri étouffé est descendu des gradins et la foule s'est levée brusquement. J'ai mal juste à y penser.

La gare est à peu près vide à cette heure et j'ai l'impression d'être sous un chapiteau. Des hommes vont et viennent, mettent tout en place pour la première représentation. Je pense souvent au cirque. J'imagine le spectacle idéal avec sa musique, sa magie, ses animaux, ses mimes et ses acrobates. J'échafaude de grands numéros. Mais à partir d'aujourd'hui, je vais devoir me contenter d'y rêver. Si je suis parti de Chicago, c'est pour me faire oublier. Depuis que j'ai mis les pieds dans ce train pourtant, j'ai l'impression qu'on m'observe, qu'on me suit. Il y avait un type au regard sombre sur le quai de la gare. Ce n'était pas Bobby, mais il lui ressemblait. Et plus loin, une femme m'épiait. Je suis certain que je n'ai pas imaginé cela. Elle me suivait du regard, j'en suis convaincu.

Pour les semer, je me suis perdu dans la gare. Au lieu de passer à la consigne chercher ma valise, j'ai fait une halte aux toilettes où j'ai regardé les gens dans le reflet de la glace. Chacun était à sa petite affaire. Il n'y avait pas de quoi s'inquiéter. Alors je suis ressorti, j'ai trouvé un petit coin tranquille sous une grande verrière et depuis, je parcours le journal en trempant les lèvres dans cette tasse qu'une serveuse remplit à mesure. Les clients qui déjeunent ont l'air triste. Je dois avoir la même allure. Pour passer inaperçu, c'est idéal.

Plus je regarde la serveuse, plus je trouve qu'elle ressemble à Sally. Les cheveux blonds et les yeux d'un bleu troublant. Mais c'est par le costume qu'elles diffèrent. Et par le maquillage aussi. Dans son habit de lumière, Sally brillait comme un phare sous le chapiteau, alors que celle-ci ne dégage absolument rien.

Il faudrait bien que je rejoigne Marthe, ma demi-sœur et ses innombrables enfants. Comment savoir si elle a conservé son nom ou si elle porte celui de son mari ? Je pourrais aller voir rue Éliane, là où habitait Victor Daguerre, libraire et père que nous avons en commun.

J'ai les yeux rivés sur ce journal qui m'ennuie à mourir. Je ne veux pas passer la journée dans cette gare, mais je ne sais pas vraiment par où commencer.

Huit heures. C'est tôt pour téléphoner. Surtout quand on n'a pas donné de nouvelles depuis dix ans. Du côté de la consigne, les employés encore endormis ne savent pas où se trouve ma valise. Tout à l'heure, ils m'ont remis l'étui de la flûte, celle que j'utilise dans le numéro avec l'éléphant. Pour le reste, on verra.

— Votre valise sera sûrement dans le prochain train. Revenez faire un tour dans la journée.

Un tour ! Ce type ne pouvait mieux dire. Cette valise contient tout ce qui est nécessaire pour faire des tours. Il y a le costume, le maquillage, les porte-bonheur et les balles pour jongler. Encore chanceux qu'ils m'aient donné l'instrument. Mais où aller ? Du côté de la rue Éliane, peut-être. Là-bas, près de la place, le long du boulevard Delorme. Il y avait des motels autrefois. Peut-être y sont-ils encore. Ce serait pratique, je connais le quartier comme le fond de ma poche.

Je grimpe dans un taxi, nous roulons sur un grand boulevard et je suis fasciné par tout ce qui a changé.

L'étui de la flûte sur mes genoux, j'ai les yeux collés à la vitre et je ne reconnais plus rien. Mais ça m'est égal, l'homme qui est au volant sait où nous allons.

— Le motel Émard ? Bien sûr qu'il est encore là ! Et le parc aussi... si on peut appeler ça un parc !

***

Le motel Émard est un long corridor, une caravane de gitans qui s'est arrêtée là il y a longtemps. On m'a donné une chambre tout au bout, loin de la circulation. On n'aurait pas idée de vivre dans un endroit pareil. Pourtant je m'y sens très bien. Depuis hier, je suis retourné deux fois à la gare. Toujours pas de nouvelles de ma valise. Quant au mystère qui entoure ma demi-sœur, il s'éclaircit peu à peu. Dans l'annuaire, il y a une M. Daguerre qui habite au 1444, rue Éliane. La théorie de la banlieue et des nombreux enfants s'effrite petit à petit. Comme son père Victor Daguerre, elle a dû opter pour les livres.

Je suis passé voir la maison. Elle est en mauvais état, mais elle n'est pas la seule. Tout le quartier est comme ça. Plus j'y pense, plus je me demande pourquoi je cherche à revoir Marthe. C'est vrai. De quoi parlerions-nous ? Déjà à l'époque, nous ne nous entendions pas tellement.

À la gare, j'avais l'impression d'être suivi. Maintenant, il m'arrive de l'oublier. Dans cette chambre sombre au fond du long corridor, comment saurait-on que je suis ici ? En fait, il ne manque que ma valise pour faire mon bonheur... et cette toute petite chose que je veux demander à Marthe. Mais elle me donne le trac, ma demi-sœur, comme si j'étais sur le point de faire mon entrée sur la piste. Peut-être vaudrait-il mieux lui télé-phoner. Mais là encore, au cirque, on ne téléphone pas avant de faire son numéro.

2

Le lanceur de couteaux

Lorsqu'il se décida enfin, c'est Marthe elle-même qui répondit au téléphone. Elle était ravie de lui parler, d'avoir enfin de ses nouvelles, mais elle était pressée. Son travail à la bibliothèque prenait tout son temps et elle proposa qu'ils se voient un peu plus tard dans la semaine, un matin de préférence. Le samedi et le dimanche, c'était impossible. Ils s'entendirent pour le mardi. L'échange était plutôt chaleureux, mais lorsqu'il raccrocha, il se demanda quand même pourquoi il avait téléphoné.

Le mardi suivant, il était devant la maison bien avant l'heure. Sans comprendre ce qui le poussait, il arpenta la petite place, examinant les édifices un à un, léchant les vitrines et admirant les quelques arbres qui avaient survécu. La grande demeure du libraire n'était plus que l'ombre d'elle-même. Le blanc avait jauni, la grande véranda semblait sur le point de s'effondrer et, n'eût été des corniches qui donnaient encore de l'épaule, on aurait dit une galère sur le point de sombrer.

Il n'avait jamais vécu dans cette maison. Elle appartenait à Geneviève Granger, la mère de Marthe et deuxième femme de Victor Daguerre, qui elle-même l'avait héritée de son père, un architecte donnant dans les églises. Il n'y avait jamais habité, mais Hugo avait un faible pour cette maison. Jusqu'à son départ pour les États-Unis, il avait secrètement rêvé d'y vivre. Tout à ses pensées, il ouvrit le portail et s'avança dans le petit jardin. Il mesurait l'étendue des dégâts lorsque la porte s'ouvrit devant lui :

— Déjà ?

Marthe était, elle aussi, méconnaissable. Un peu grassouillette, les cheveux en bataille et la peau du visage desséchée, on lui aurait facilement donné quarante ou quarante-cinq ans. Ce qui le frappa davantage pourtant, ce fut sa robe de chambre. C'était la même que celle de Sally : une espèce de serviette dans laquelle elle s'enroulait avant d'entrer en scène.

— Je... je voulais voir le quartier.

— Entre, fit-elle. Je vais travailler à dix heures, mais on a le temps de prendre un café. Ça fait combien de temps déjà ?

— Euh...

— Écoute. Ma mère est morte il y a quatre ans et ça devait bien faire cinq ans que tu étais parti.

— Ah ! ta mère est morte ?

Hugo regardait autour de lui en s'essuyant les pieds. Elle s'esquiva du côté de la cuisine.

— Je reviens tout de suite !

C'était comme dans ses souvenirs. Il y avait des livres partout. Les meubles, le plancher et la table du salon en étaient couverts. Des centaines, des milliers de bouquins. Mais curieusement, ils n'étaient pas rangés comme Victor Daguerre l'aurait fait. Ils formaient plutôt des piles d'inégale hauteur qui donnaient l'impression d'une cité en miniature.

— Tu travailles toujours au cirque ? demanda-t-elle en revenant avec un plateau.

À l'époque, ses rondeurs lui donnaient un air espiègle, mais avec ce faux âge, Marthe faisait plutôt sérieux. Il entra dans le salon et dégagea un coin de la table en flattant le vernis dans le sens du bois. Il n'était venu qu'une seule fois dans cette pièce et son souvenir était flou.

— Il faut que je reclasse, annonça-t-elle, comme si elle devinait ses pensées. Il faut que je fasse un peu de ménage, mais je n'y arrive jamais. Il y a tellement de travail à la bibliothèque.

La fille de Victor Daguerre, le libraire, était devenue bibliothécaire. Ce n'était pas étonnant. Presque normal, même. Seule la robe de chambre brouillait l'image. Elle versa une première tasse et il crut la voir trembler.

— Mais dis-moi, Hugo. Qu'est-ce qui t'amène par là ?

Il se tortilla sur le divan, pendant qu'elle dégageait un coin du fauteuil. La petite table n'en pouvait plus de se prendre pour un rayon de bibliothèque et il hésita avant de dire :

— Le chalet. Le chalet de papa au lac. J'aimerais bien y passer quelque temps. Je me suis demandé si... enfin, si ça te dérangerait de...

— Le chalet ? Mais tu rigoles, il ne doit plus rien en rester du chalet. Les terrains ont été vendus tout autour. Il y a un tas de cabanes qui ont été construites. Je n'y ai plus remis les pieds depuis cinq ou six ans.

— Et le lac ?

— Ah ! le lac est toujours là. Mais ce n'est plus ce que c'était.

— ...

Les mâchoires serrées, Hugo se passa une main sur le visage et finit par dire :

— En fait, je ne suis même pas certain que le lac suffira pour oublier...

— Oublier quoi ? demanda-t-elle.

Ils se dévisagèrent un moment. Elle buvait son café à petites gorgées et oscillait entre la curiosité et la distance. Il y avait quelque chose de dramatique dans ce visage. Même au repos, on sentait les grands états d'âme.

— Ça fait des années qu'on ne s'est pas vus. Alors, si tu veux qu'on se comprenne, il va falloir que tu me parles autrement que par paraboles.

Le ton s'était durci tout à coup. Marthe se donnait des airs de bibliothécaire offensée, alors que Hugo cherchait ses mots.

— C'est que... vous avez la même robe de chambre et...

— Ah ! parce qu'il s'agit d'une femme. Une peine d'amour, peut-être ? Et tu crois que ça va passer en allant au lac ?

Il haussa les épaules et elle trempa les lèvres dans son café. Au fond, elle cherchait à l'égayer, à l'extraire de sa torpeur. Il avait l'air tellement triste, le demi-frère, tellement penaud.

— Écoute, si ça te fait plaisir, je te donne les clefs. Tu y vas, au chalet, tu fais comme chez toi. Mais je t'avertis, tu vas être déçu. Les années ont fait leur travail. C'est un taudis, maintenant. Tu n'y dormiras pas une seule nuit.

— C'est plus qu'une peine d'amour ! Il faut que je disparaisse, que je me fasse oublier quelque temps.

Elle tira un pan du peignoir sur sa poitrine et posa sa tasse sur le coin de la table. Le drame s'inscrivit sur son visage.

— Attends, je veux être sûre de bien comprendre. Tu as connu cette femme là-bas, au cirque. Elle t'a laissé tomber et tu veux être seul, maintenant. Tu as besoin de te changer les idées.

C'est ce qu'elle aurait aimé croire, mais il n'en était rien. Il avait cru qu'elle lui donnerait les clefs et qu'elle le laisserait partir. En fait, il avait oublié que tout chez les Daguerre passait par les mots, par de longues explications où les silences amenaient invariablement une autre question.

— Qu'est-ce que tu essaies de me dire ?

Cette fois, le ton était presque au reproche. En d'autres circonstances, il aurait mis un terme à l'échange et se serait retiré. Mais il n'en fit rien. Pour une fois, il voulait aller jusqu'au bout. Tellement de choses s'étaient passées depuis son départ pour les États-Unis.

— Elle s'appelait Sally. Elle est arrivée en Amérique avec son oncle, il y a dix ans. En fait, c'était Safiyya, son nom... ou quelque chose comme ça. Elle venait d'une famille de douze enfants ; des gitans qui allaient et venaient en Europe. Elle et son oncle parlaient français, mais avec un accent très particulier. Ils étaient passés par le Midi de la France. Saintes-Maries-de-la-Mer, je crois. C'est vague. Elle n'en parlait jamais de toute façon. Elle s'appelait Sally parce que ça faisait américain et que c'était une bonne façon d'oublier tout ce qui s'était passé avant. L'oncle, lui, je n'ai jamais su son vrai nom. Il avait lancé du couteau dans les foires en Europe. Il avait trente ans lorsqu'il est débarqué. Elle en avait à peu près dix-huit. Ils ne se quittaient jamais. Ils étaient très près l'un de l'autre.

Hugo avait dit ces mots à mi-voix, comme s'il craignait de les entendre. Mais Marthe n'eut pas besoin qu'on lui fît un dessin : Bobby, le lanceur de couteaux, couchait avec sa nièce. Charmant.

— Ils sont entrés chez Barnum par les écuries... je veux dire, c'est le premier travail qu'on leur a donné.

Nourrir les chevaux. Quand il le pouvait, Bobby se faufilait derrière les gradins pour voir le spectacle. Il n'avait qu'une idée en tête : monter sur la piste et reprendre du service.

« Un jour, il a emmené Sally dans les loges et lui a montré les beaux costumes : "Si tu le veux, lui a-t-il dit, tu peux faire partie du spectacle toi aussi."

« Elle en avait envie et il l'entraîna sur la piste. Il lui montra les filets, les fils de fer et la rampe au-dessus. Elle n'avait qu'à dire oui et c'est toute l'Amérique qu'elle aurait à ses pieds, qui l'applaudirait tous les soirs.

— Mais qu'est-ce qu'il faut que je fasse ? lui demanda-t-elle.

— Rien ! Tu te mets contre le mur et tu restes là, sans bouger. Moi je lance les couteaux. »

Marthe était fascinée par ce récit. Plus il parlait, plus son visage s'éclairait. Ce demi-frère, dont elle avait un souvenir incertain, était beaucoup plus intéressant qu'elle n'avait pensé au début. Elle l'avait cru timide, mais il n'en était rien.

— Chacun a ses raisons de venir au cirque. Chacun sait pourquoi il monte sur la piste et risque sa peau. Dans le cas de Sally, elle fuyait quelque chose. Je ne sais pas quoi... Mais ces couteaux qui lui dessinaient le corps, jour après jour, semblaient être un moindre mal, par rapport à ce qu'elle avait connu. Elle y prenait même plaisir.

Marthe voulut l'interrompre, mais il fit mine de ne pas la voir et continua de parler, sans reprendre son souffle. Le débit était rapide. Il ne semblait plus vouloir s'arrêter.

— C'était un numéro qui marchait très fort. Sally était belle et surtout volontaire. Une cible parfaite avec ce petit côté fragile qui éveille la pitié chez les honnêtes gens. En face d'elle, Bobby était menaçant. Il lançait ses dix couteaux ; ensuite, Sally sortait de ce cercueil de lames, traversait la piste en courant et venait l'embrasser. Le baiser était très important. Tout à coup, le lanceur de couteaux et sa victime ne faisaient plus qu'un, redevenaient humains. Dans les gradins, les gens se levaient pour applaudir.

« Ça durait depuis quelque temps lorsqu'on s'est rencontrés. C'était à Louisville dans le Kentucky. Elle s'est approchée parce que les clowns la fascinaient. Elle voulait savoir comment on peut rester maquillé toute la journée sans jamais montrer son vrai visage. J'ai baragouiné quelque chose, les premiers mots qui me sont passés par la tête et elle m'a dit avec son fort accent : "Tu es un fou, Hugo." Il y avait quelque chose d'affectueux dans le ton, dans sa manière de le dire. »

Marthe n'écoutait plus que d'une oreille, retenant cette question qui lui brûlait les lèvres depuis un moment. Lorsqu'il fit une pause, elle en profita :

— Et toi, Hugo, pourquoi es-tu allé au cirque ?

Il se passa la langue sur les lèvres, envisagea une réponse compliquée, mais s'arrêta aussitôt. Il avait commencé à dire quelque chose et ne voulait pas s'interrompre.

— Au début, c'était un ménage à trois. Sally n'arrivait pas à prendre ses distances avec son oncle. Mais elle passait quand même du temps chez moi. Personne n'était en position de juger l'autre et chacun s'accommodait tant bien que mal. Il aurait préféré la garder pour lui tout seul, le lanceur de couteaux. Mais elle était sa nièce et il savait bien qu'un jour ou l'autre...

En fin de compte, Marthe était très touchée par ce que racontait Hugo. Ce garçon taciturne, cet adolescent renfermé était devenu quelqu'un d'autre. Un homme intrigant, mystérieux même, comme elle en rencontrait dans les livres quelquefois.

— Un jour, Bobby a eu cette idée étrange. Un clown dans un numéro de lanceur de couteaux, ce serait formidable. Pendant qu'il s'exécuterait, je me promènerais entre lui et sa nièce en jonglant avec trois ou quatre balles. Une fois le couteau me passerait dans le dos, la fois suivante, sous le nez. Je me pencherais pour reprendre une balle tombée par terre et un troisième poignard me sifflerait au-dessus de la tête. Bobby trouvait cela génial. Je n'étais pas certain de partager cet avis, mais lui et Sally me persuadèrent d'essayer. Le ballet de la mort était réglé comme du papier à musique. Avant d'entrer en scène, Bobby déclarait, avec son gros accent : « De toute façon, rien n'est pire que tout ! » Je trouvais ce leitmotiv plutôt sinistre, mais il avait la vertu de chasser la peur. À partir de là, tout se bousculait. La musique, les cris de la foule, les couteaux qui passaient de tous les côtés et les balles que je faisais tourner au-dessus de ma tête. En dix minutes, c'était terminé. Sally émergeait de son tombeau et venait embrasser son oncle. Moi, je ramassais mes balles comme si rien ne s'était passé et le public hurlait de plaisir !

Hugo prit une gorgée de café, fit une pause un peu plus longue que les autres et s'étonna que Marthe ne lui pose pas quelques questions, ne demande pas quelques précisions.

— Et puis, Oakland. Le cirque s'y était installé pour l'hiver et il devait y avoir deux semaines de relâche. En fouillant dans les journaux, j'avais trouvé un petit chalet sur la côte. Je voulais y passer quelque temps seul avec Sally, mais son oncle fit une colère. Tant que nous étions au cirque, tant qu'elle se promenait entre sa caravane et la mienne, tout allait bien… mais de là à ce qu'on fugue ensemble. Il se mit à boire et à l'engueuler. Elle me disait que ce n'était pas grave, qu'il finirait par se calmer. Mais il n'en démordait pas, et j'étais effrayé. Les gens ne comprenaient pas ce que nous disions. Tout cela se passait en français. J'hésitais à monter en piste, mais c'est Sally elle-même qui finit par me convaincre. Elle retourna le voir, ils eurent une discussion, un peu plus calme celle-là, et il finit par aboyer : « C'est vrai. Rien n'est pire que tout. » C'était comme si rien ne s'était passé.

Marthe était rivée à ses lèvres, mais elle était un peu plus nerveuse. De toute évidence, elle craignait la suite.

— Et après ? demanda-t-elle quand même.

— Quand on est arrivés sur la piste, sous les éclairages, avec la musique et tout… plus rien ne paraissait. À chaque couteau que Bobby lançait, les gens hurlaient. Mais au bout d'un moment, j'ai eu l'impression qu'il se passait quelque chose. Les poignards allaient plus vite que d'habitude. Leur trajectoire me surprenait chaque fois. Nous avions un code, Bobby et moi. Je ne devais jamais le regarder quand il travaillait. Tout devait se faire à l'aveugle. Mais cette fois, c'était trop. J'ai relevé la tête et j'ai compris qu'il me visait. Son regard était noir, sa bouche inquiétante. Sally n'y pouvait rien, elle avait les yeux bandés. Alors je me suis jeté par terre et j'ai roulé hors des cercles de lumière. Un couteau m'a frôlé l'oreille et, en me relevant, j'ai entendu un cri. Un petit cri étouffé. Sally s'est effondrée au pied de la cible et le sang coulait. Des secouristes sont arrivés aussitôt, une armée de clowns s'est agitée à l'autre bout de la piste, et ils ont sorti le corps, les yeux toujours bandés.

Marthe faisait la grimace. Elle était comme une enfant devant lui. Sa lèvre supérieure tremblait et elle agitait la main comme si elle cherchait à effacer ce qui venait d'être dit.

— Mon pauvre Hugo.

Elle l'aurait pris dans ses bras et l'aurait consolé, mais il gardait ses distances. Ce qu'il racontait était très émouvant. Elle aurait voulu le toucher, le rassurer. Elle posa la main sur son genou pourtant. Il eut un geste de recul.

— Pardon, souffla-t-elle en se raidissant. Je veux te dire... euh, enfin si je peux faire quelque chose pour toi... le chalet, n'importe quoi.

Il hochait la tête, un peu pâlot, et semblait regretter quelque chose. De s'être mis à nu, peut-être. De s'être raconté ainsi, dès leur première rencontre.

— Si tu veux, insista Marthe, je peux te faire une place ici aussi, pour quelques jours. Il y a les samedis et les dimanches où c'est un peu plus compliqué, mais...

— Non, non. Ça va. J'ai une chambre. Tu sais Bobby, c'est le genre à se venger. Ils l'ont interrogé là-bas. Ils voulaient lui faire un procès à Oakland. Mais finalement, ça s'est arrangé. Le cirque était à Chicago quand ils l'ont remis en liberté. C'est pour cela que je suis parti. J'ai traversé la frontière à Windsor. Je sais qu'il va me rechercher. Je ne veux entraîner personne dans cette affaire.

Marthe semblait moins inquiète de la menace de Bobby que de la mort de Sally. Il y eut un long silence, le genre où, subitement, on se demande ce qu'on fait là. Elle se renvoya en arrière dans son fauteuil et se mit à regarder le plafond.

— C'est sérieux, Hugo. On pourrait aménager une chambre là-haut.

C'est lui maintenant qui tremblait. Il tremblait parce qu'il s'étonnait encore de ce qu'il venait de dire.

— Tu sais, c'est la première fois que je raconte ça. Je veux dire... c'est arrivé il y a quelques semaines seulement. Et je n'ai pas eu l'occasion d'en parler.

Elle mit un doigt sur sa bouche, comme si elle ne voulait pas entendre la suite. En moins d'une heure, elle s'était transformée devant lui. Cette femme un peu trop vieille pour son âge, cette bibliothécaire un peu sévère qui lui avait ouvert sa porte avait de l'affection dans le geste. Elle laissa courir sa main sur son épaule. Le petit fond dramatique était toujours là, dans son regard, mais elle rayonnait maintenant. Elle était complètement dégagée. Et lui aussi se laissa glisser sur le divan en rejetant la tête en arrière. En silence, ils contemplèrent le plafond un moment.

***

Il était onze heures moins le quart lorsqu'elle annonça qu'elle devait partir. Encore et encore, Marthe lui proposa de rester, de s'installer pour la journée au moins, en attendant des nouvelles de sa valise. Mais Hugo avait d'autres projets.

Elle passa à la salle de bains sans plus insister et il s'approcha de ces piles de livres qui l'intriguaient de plus en plus. Sous des apparences de désordre, il y avait une construction savante dans leur disposition. Un arrangement intuitif, comme les enfants le font dans leurs dessins. On aurait dit un dessin d'enfant. Hugo prit quelques-uns de ces livres, ceux qui étaient sur le dessus. Il les ouvrit sans chercher à en voir les titres, il les toucha surtout, et ne put s'empêcher de penser à Victor Daguerre. C'est comme s'il était là-haut, dans une chambre et qu'il s'apprêtait à descendre :

— Mais dans quel pétrin t'es-tu encore fourré ? Tu ne pourrais pas faire comme ta sœur ? Je ne sais pas, moi ! T'intéresser à quelque chose au lieu de dériver comme tu le fais toujours.

Hugo s'éloigna en chassant le fantôme du revers de la main. Il prit un autre livre, un peu plus loin. Le papier était de soie et c'était très doux au toucher. Encore une fois, il se contenta de tourner les pages en pensant qu'il y avait quelque chose de sensuel dans ce geste. Il était seul au milieu de ces mots, lui qui n'avait pas lu trois livres dans sa vie. Il devait y avoir des millions de pages rassemblées là. Des tonnes de phrases qui avaient réponse à tout ce qu'on peut imaginer, à tout ce qu'on peut souffrir. Il ne se sentait pas à sa place dans cette maison, mais il était content d'y être venu.

Marthe avait enfilé son costume de bibliothécaire et s'était fait un chignon. Quand elle sortit de la salle de bains et s'avança dans le salon, elle était toujours aussi attentionnée… mais cet uniforme mettait une sorte de distance entre eux.

— Si tu veux, la semaine prochaine, j'irai au chalet avec toi. J'ai quelques jours de congé. On pourrait se revoir.

Elle prit une gorgée de café froid, fit la grimace et ajouta, comme si elle y avait longuement réfléchi :

— Et pour ton type, là, le lanceur de couteaux, oublie ça. Il ne te retrouvera jamais ici.

Elle avait un large sourire accroché au visage lorsqu'elle prit son sac sur la patère. Quand son regard croisa le livre qu'il tenait dans les mains, elle devint très professionnelle :

— Ah ! Baudelaire…

Il ne comprit pas tout de suite et elle dut pointer le livre du doigt.

— Baudelaire. Tu veux emporter Baudelaire ?

Ce n'était pas vraiment son intention. Il l'avait gardé dans ses mains parce qu'il aimait le toucher, parce qu'il aimait la soie. Mais il n'eut pas le courage de l'avouer et fit semblant d'être content. Ils traversèrent lentement le petit jardin. Avant de le quitter pourtant, elle revint à la charge :

— J'aimerais que tu y repenses, pour le chalet. Au fond, je serais curieuse de voir ce qu'il en reste.

Devant le portail, ils s'embrassèrent sur la joue et partirent chacun de leur côté.

3

Le maître de piste (bis)

Bientôt quatre jours que je suis là. Et j'attends toujours ma valise. Je passe mes journées dans cette chambre de motel. Je sors seulement le soir. Le livre de Baudelaire est sur la table de nuit, avec la Bible et l'annuaire téléphonique. Je n'en ai pas encore lu une ligne, mais il m'arrive de flatter les pages de soie.

Le motel Émard longe le parc 9 sur toute sa largeur. C'est un espace vert qu'on a aménagé au début des années soixante en recouvrant un ancien dépotoir de milliers de tonnes de terre. Comme il y avait déjà huit parcs dans la ville, on ne s'est pas torturé les méninges pour lui trouver un nom. Avec les années, le parc 9 est devenu le Parc neuf. Les gens aiment bien ce grand champ sans arbres dont les formes changent constamment.

La nuit, je viens rôder par là. L'endroit n'a absolument aucun charme. Les arbres ne poussent pas, les balançoires sont rouillées et le terrain de jeu est toujours aussi vaste. Un endroit idéal pour monter un chapiteau. Mais il a une autre qualité, ce parc. Il est exactement à mi-chemin entre la maison de Victor Daguerre et la mienne. Enfin, celle que j'habitais avec ma mère, plus au sud, près du fleuve. Ils ont détruit le quartier maintenant, pour mieux le reconstruire ! Ma mère est morte et je me suis promis d'aller voir... un jour.

Quelquefois, avec mon père et ma demi-sœur, on se retrouvait ici. Victor Daguerre voulait que je connaisse Marthe, alors il organisait ces petites rencontres. Notre curieuse famille n'avait droit de cité que sur un terrain vague et notre jeu préféré était de se voler l'attention du libraire, de se l'arracher comme on s'arrache un jouet. Il était à la fois l'arbitre et l'objet de ces matchs.

Il y a toujours eu de la rivalité entre Marthe et moi. Ce n'était pas beaucoup mieux avec mon père. C'est pour cela d'ailleurs que je suis parti avant que ça casse. Lorsqu'elle m'a demandé pourquoi j'avais choisi le cirque, j'ai eu tellement peur de répondre que j'ai raconté n'importe quoi. J'aurais pu mettre cela sur le dos des livres, de Victor Daguerre. J'étais tellement délinquant, si parfaitement inutile pour lui que je me suis enfui. C'est ça, oui. Il valait mieux que j'aille ailleurs, que je me fasse oublier. J'étais l'enfant qu'il avait eu par accident, qui vivait de l'autre côté du parc dans ces quartiers déprimants, seul avec sa mère. Il était trop poli pour me le dire. Il aurait préféré que je n'existe pas. Il aimait tellement Marthe. C'est pour cela que je suis parti... mais on ne dit pas ces choses-là.

***

Ma valise est définitivement perdue. À la gare, les employés de la consigne ne savent plus quoi me dire. D'abord, ils ont affirmé que cette valise n'existait pas, puisqu'elle ne figurait sur aucune liste d'objets perdus.

Puis ils ont changé d'idée et m'ont proposé un rembour- sement. Il a fallu mettre un chiffre, donner une valeur à ce bric-à-brac. Je leur ai dit que ces trésors n'avaient pas de prix. Ils se sont confondus en excuses parce que cela fait partie de leur travail. Ce qui ne les a pas empêchés de régler le tout pour mille dollars.

Je suis là depuis une semaine, maintenant. Toujours dans cette même chambre avec sa fenêtre qui donne sur le parc. Je pourrais partir, aller ailleurs, mais j'hésite. Je suis tellement introuvable ici, tellement loin au fond de ce corridor oublié que je ne m'y retrouve plus moi- même. Quand je pense à Bobby, je suis persuadé que sa peine est aussi grande que la mienne. Cet homme doit être brisé, cassé en deux sans Sally. Son désarroi l'aura probablement paralysé. Plus j'y pense, plus je crois qu'il cherche à m'oublier, lui aussi. Il doit soigner son deuil dans une chambre de motel comme celle-ci.

Le portrait que j'en ai fait à Marthe était peut-être sévère. L'homme n'est pas vraiment méchant. Il est diffé- rent de ce que l'on connaît, des gens que l'on croise dans la rue. Et il aimait Sally. Je ne l'ai pas dit à ma demi-sœur, mais il avait une sorte de vénération pour elle. C'était touchant. Comme s'ils étaient, l'un pour l'autre, la der- nière bouée de sauvetage.

Hier, j'ai acheté des vêtements, une autre valise et, peu à peu, je me reconstitue une garde-robe. Au début, je voulais utiliser l'étui de la flûte pour ranger mes affaires, mais quand j'ai repris l'instrument, quand je l'ai exa- miné, j'ai renoncé au projet. La musique peut toujours servir. En dépoussiérant cette cornemuse, en l'ajustant, je suis arrivé à sortir quelques sons, mais je me suis arrêté très vite. Les murs de la chambre sont en carton. Quelqu'un s'est mis à cogner dans la chambre voisine.

Le chalet de Victor Daguerre me trotte dans la tête, aussi. Au début, Marthe n'était pas très enthousiaste, mais après le récit de l'incident d'Oakland, elle voulait m'y accompagner. Je ne sais trop qu'en penser. Si l'endroit est le taudis dont elle parle, il y a sûrement moyen de trouver mieux. Mais voilà. Enfermé dans cette chambre, je ne vais nulle part, je ne prends aucune décision. Je suis en deuil.

Il faut dire que la Barnum me doit de l'argent. Un chèque que j'attends d'un jour à l'autre. Avec les économies que j'ai faites au cours des années, ce sera plus facile de prendre une décision. Non, je n'irai pas au lac. Ou peut-être une autre fois. Je ne bougerai pas d'ici tant que cette affaire ne sera pas réglée.

… Et puis je me suis souvenu que Marthe jouait du piano autrefois. C'est sa mère qui la poussait à prendre des leçons. Elle était plutôt douée. J'y ai repensé en regardant la flûte rangée dans son étui. Chez Marthe, dans sa maison, on pourrait en jouer sans déranger personne. Elle serait peut-être intéressée.

4

La musique

Il y avait trois enfants devant le portail de la maison. Hugo s'arrêta devant eux, ouvrit l'étui et sortit l'instrument. Comme un mime, il gesticulait et les enfants étaient fascinés. L'un d'eux demanda s'il fallait payer pour le spectacle. Hugo fit signe que non et leur montra cette flûte inhabituelle avec ses cordes sympathiques et son embouchure qui couvrait à la fois le nez et la bouche. Deux trous avaient été pratiqués au niveau des narines pour respirer.

Il se couvrit la bouche de cette espèce de masque à gaz et se mit à parler. Au cirque, avec l'éléphant, le costume et le maquillage, l'effet était flamboyant. Sans l'animal, il se sentait un peu nu. Mais c'était plus fort que lui, il avait besoin de se donner en spectacle.

Cela durait depuis cinq minutes à peine lorsqu'il aperçut Marthe au bout de la rue. Il n'avait pas téléphoné avant de venir et il eut tout à coup peur de l'indisposer. La musique s'arrêta aussitôt.

— Non, non, ne t'arrête pas ! C'était beau !

Le chignon avait disparu et Marthe tenait quelque chose dans ses mains ; une bouteille probablement.

— J'ai... je passais par là. Je voulais te dire au revoir avant de partir.

— Ah ! tu t'en vas ?

Hugo remballa l'instrument en vitesse et Marthe ne fit rien pour cacher sa déception. Il avait toujours l'air traqué, le demi-frère. Il se donnait peut-être un genre. D'un geste nonchalant, elle sortit un trousseau de clefs de son sac et se tourna vers le portail.

— As-tu retrouvé ta valise ?

Il fit signe que non. Elle ouvrit et ils passèrent dans le jardin. Les enfants, déçus, étaient accrochés à la grille et les suivaient du regard.

— J'attendais de tes nouvelles. Tu sais le projet d'aller au lac...

— J'y ai pensé. Mais pas maintenant... pas tout de suite.

Elle grimpa les quelques marches de la véranda et ouvrit la porte. Avant d'entrer, Hugo jeta un dernier coup d'œil vers la rue. Ils étaient là. Ils attendaient encore, il leur fit un signe de la main.

À l'intérieur, Marthe passa tout de suite au salon, y déposa ses affaires sur la table couverte de livres et revint vers lui. L'instrument avait piqué sa curiosité. Elle voulait le voir de plus près et Hugo souleva le couvercle.

— Mais où as-tu déniché ça ? Je n'ai jamais vu un biniou pareil.

— C'est Sally qui me l'a donné. Ils l'ont fabriqué chez Barnum. Il suffit de parler dedans et ça fait des sons. C'est pour la parade surtout... pour le numéro d'ouverture.

— La parade ?

— Ça fait du bruit. C'est très coloré.

Marthe retournait l'objet dans tous les sens et touchait aux clefs de l'instrument tout en sondant le regard de Hugo. Un peu plus et elle le portait à sa bouche ; mais elle s'arrêta au milieu de son geste.

— Puisque tu pars, on va arroser ça !

Elle remit l'instrument dans sa caisse, ouvrit le sac qu'elle avait posé sur la table et en sortit une bouteille. D'humeur splendide, Marthe lui fit signe de la suivre en pointant le grand escalier.

— Viens. C'est plus confortable là-haut. C'était la chambre de mes parents. La plus grande pièce de la maison. Après la mort de maman, je m'y suis installée. J'ai aménagé un appartement. C'est sympathique...

Hugo, qui la suivait, s'arrêta tout en haut de l'escalier. Il y avait des livres partout. Ils sortaient des armoires et des garde-robes, étaient empilés dans le corridor et montaient jusqu'au plafond en petites et en grandes piles. Il y avait des sentiers entre ces pâtés de maisons, des boulevards qui menaient à une chambre tout au fond. Hugo s'y intéressa, mais elle le prit par le bras et l'entraîna dans l'autre direction.

Cet appartement dont elle lui avait parlé n'avait rien à voir avec le reste de la maison. Même la lumière y était différente. C'était peut-être la fenêtre qui donnait sur la ruelle, ou cette table de maquillage avec ses ampoules en demi-cercle. Il pensa immédiatement à Sally, à la loge de Sally.

— Tu sais, l'autre jour après ton départ, je t'ai cherché. J'aurais tellement aimé te dire ce que j'ai ressenti.

Elle parlait tout en ouvrant la bouteille, ses gestes étaient brusques et elle était maladroite. Il lui prit le tire-bouchon des mains. C'était une bouteille de Cahors. En quelques jours, Marthe s'était transformée. Elle n'avait plus rien de cette bibliothécaire éteinte qu'il avait rencontrée le premier jour. Son petit air dramatique s'était estompé. Elle était plutôt fébrile.

— C'est toi qui goûtes ?

— Non, non, vas-y !

Il fit mine de s'intéresser à l'étiquette pendant qu'elle trouvait un deuxième verre. Il jura qu'il ne connaissait rien aux vins et qu'à son avis, il n'y en avait que deux sortes : les bons et les mauvais. Ils goûtèrent ensemble et décidèrent que celui-là n'était pas trop mal.

— Si tu étais moins occupé, la semaine prochaine, on pourrait peut-être faire une petite sortie.

— Tu penses au chalet ?

Elle réprima un sourire et l'entraîna vers un coin mieux éclairé de cette grande pièce qui avait été, jadis, la chambre de Victor Daguerre. Plus loin, il y avait un lit à deux places et tout près de la fenêtre, une grosse commode chinoise. Sur la gauche, une cuisinette et un évier, un poêle et un frigo. C'était une maison dans la maison, un endroit beaucoup plus chaleureux que toutes les pièces du rez-de-chaussée. Après deux gorgées de vin, Marthe revint à la charge.

— Tu sais, le chalet n'est peut-être pas en si mauvais état. Mes souvenirs le sont beaucoup plus. Moi je serais prête à y aller n'importe quand, pourvu que ce ne soit pas un samedi ou un dimanche.

Elle posait les questions et elle donnait les réponses. Elle parlait toute seule en faisant tourner son verre devant ses yeux et Hugo ne faisait que hocher la tête.

— Papa était très attaché à ce lopin de terre. Il l'a acheté en 1964, l'année de ma naissance.

— … l'année où il a quitté ma mère, ajouta Hugo.

Elle sourcilla, prit une grande gorgée et poursuivit, comme si de rien n'était.

— On passait l'été là-bas. Papa fermait la librairie et emmenait des tas de livres pour ne pas perdre la main. Il passait son temps sur la véranda… il y restait des jours entiers, à lire trois livres à la fois. Les rides de son visage disparaissaient, le ton de sa voix changeait. Il redevenait attentif. Le soir, il nous parlait de l'Asie, de l'Égypte, de tous ces pays qu'il avait traversés le jour même, qu'il nous redonnait dans une sorte de voyage spectacle. On restait là à l'écouter pendant des heures, maman et moi. Il se perdait dans les détails, faisait des détours époustouflants. À l'entendre, le monde tenait dans un mouchoir. Il parlait de Cléopâtre et de Napoléon comme s'il les avait connus. Il savait tellement de choses qu'avant de m'endormir, je demandais à ma mère où il prenait tout cela. Sa réponse était toujours la même : « Ton père a tout lu. Il se souvient même de choses qui ne sont pas encore écrites. »

Les yeux de Marthe pétillaient. Hugo posa son verre et détailla longuement son visage. Elle était ravissante et pleine d'énergie. Il se demanda comment il avait pu hésiter pendant tout ce temps, comment il avait pu passer la semaine dans son motel sans lui donner signe de vie. C'était la meilleure chose qui lui soit arrivée depuis Chicago.

— … Il me semble que tout était blanc à cette époque. Ma mère et moi portions des robes blanches, papa, un panama et de grands pantalons de lin. Nous passions des après-midi entiers à laver et à étendre le linge. La propreté était une activité de tous les jours. Nous en parlions, nous la commentions. C'est tout ce qu'il y avait au lac Saint-François : les livres de mon père et la grande blancheur.

Hugo lui resservit à boire et osa un nouveau commentaire :

— C'était avant les pique-niques dans le parc ? Avant qu'on se déchire pour avoir son attention ?

— Bien avant. J'avais sept ou huit ans. Je croyais encore que j'étais une enfant unique. Enfin, façon de parler.

Hugo se contenta de sourire. C'était très bien qu'elle parle ainsi. À leur première rencontre, il en avait trop dit. Il s'était livré corps et âme. C'est pour cela, sûrement, qu'il avait hésité à revenir.

— Il y avait un paysan qui vivait sur les rives du lac. Il élevait des animaux l'été et coupait du bois l'hiver. C'est de lui que mon père avait acheté le lopin de terre. Il avait un fils du nom de Germain qui était beaucoup trop grand pour son âge. Un grand petit géant qui ne savait jamais que faire de son corps. Il n'avait aucune ambition, Germain, sauf peut-être de s'occuper des animaux de son père, quand il serait encore plus grand.

« Certains jours, les vêtements étaient tellement blancs et il y avait si peu à faire que mon père m'envoyait chez Germain pour jouer. On s'assoyait sur une bûche le long de la rive, Germain et moi, et on lançait des cailloux dans le lac. De l'autre côté du lac, on pouvait voir une colonne de fumée qui montait. "C'est le campement des Indiens", me disait Germain. Et il passait le reste de la journée à me terroriser, à me raconter comment les Sauvages torturaient, comment ils scalpaient et comment ils mangeaient leurs victimes.

« Un jour, j'en ai eu assez. Je le trouvais tellement ennuyeux. J'ai pris le sentier et je suis rentrée à la maison. Mon père n'était pas sur la véranda. Son livre était posé sur la table et les pages tournaient au vent. La moitié seulement des vêtements étaient étendus sur la corde, et il n'y avait pas un bruit dans le chalet. Je me suis approchée de la fenêtre qui donnait sur leur chambre. Mon père et ma mère étaient étendus sur le lit et ils discutaient. Ils parlaient de cette autre femme… et de son enfant. C'est là que j'ai entendu parler de toi pour la première fois. Alors, tu sais ce que j'ai fait ? J'ai pleuré. Je me suis mise à pleurer, à hurler et à dire que Germain m'avait fait mal. Mon père est tout de suite venu. Il avait enfilé une robe de chambre sans vraiment la refermer. Il sentait la sueur, il était énervé et il me touchait pour voir où j'avais mal. Je me souviens encore de son odeur. L'odeur d'un homme. Quand il m'a prise dans ses bras, j'aurais voulu rester là toute ma vie, blottie tout contre lui... Je crois qu'il a ressenti la même chose. »

Elle avait fait ce détour, ce récit du grand petit géant et des Indiens qui massacraient leurs victimes pour en arriver là. À ce souvenir très précis, très clair du désir. Victor Daguerre planait dans son regard, aussi vrai qu'il était absent de la vie de Hugo. C'était une sorte d'aveu, une indiscrétion qui n'en était pas une. Il avait toujours su que sa demi-sœur et son père s'aimaient. Il en ignorait simplement le détail.

— Si j'ai lu toute ma vie, si je lis encore, c'est que je n'ai jamais cessé de le chercher ! C'est dans les livres qu'il habitait. Encore aujourd'hui, quand je tourne les pages d'un bouquin, j'ai l'impression qu'il est là, qu'il va apparaître. Le passé et le présent se confondent. Entre deux chapitres, je retrouve son odeur, une page cornée, une feuille d'églantier pour marquer un passage. Et quand je lis, j'ai l'impression de vibrer aux mêmes endroits que lui.

Hugo était crispé. Ce petit film que Marthe débobinait avait quelque chose de menaçant pour lui. Il préférait détester Victor Daguerre. Ne pas savoir qu'il y avait chez lui quelque chose d'attachant. Le regard sombre, il vida son verre et tourna légèrement la tête, comme si cette histoire ne l'intéressait plus.

— Et ce Germain ? demanda-t-il, distant. Qu'est-il devenu ?

Marthe était déçue, mais elle fit un effort pour ne pas le montrer. L'indifférence de Hugo lui avait coupé les ailes. S'il ne l'avait pas interrompue ainsi, elle en aurait parlé encore pendant une heure, du libraire. Elle aurait atteint le fond de l'histoire comme on touche le fond du baril. Elle aurait tout dit, pour une fois. Mais le moment n'était peut-être pas encore venu.

— Germain ? Je l'ai revu il y a une dizaine d'années. Mais j'ai été incapable de lui parler. Il fait deux mètres cinquante. C'est vraiment un géant… et il ne sait toujours pas quoi faire de son corps.

Hugo réprima un sourire. Il aimait bien les géants. Il y en a toujours au cirque. Et c'était mieux que de parler de Victor Daguerre.

***

Un peu plus tard, ils redescendirent. Marthe voulait voir l'instrument de plus près. Le toucher, l'essayer. Ils se penchèrent tous deux au-dessus de l'étui et Hugo lui expliqua le fonctionnement. Les mots, articulés dans l'embouchure, activaient un système d'anches dissimulées sous un petit couvercle de bois. Par sympathie, des cordes de violon, fixées sur le dessus, produisaient un bruit de vent ou de vagues selon la façon dont on jouait.

— Est-ce qu'il a un nom, ton masque à gaz ?

Sally et Bobby l'appelaient tout simplement « la flûte ». C'était, paraît-il, la reproduction d'un vieil instrument. Un instrument que les gitans traînaient avec eux. On l'avait reconstitué à partir de croquis et de souvenirs.

— Tu n'as qu'à parler dedans, ce n'est pas compliqué !

Marthe porta l'instrument à sa bouche. Le masque lui couvrait une partie du visage, elle n'était pas vraiment à l'aise et dut se reprendre à deux fois avant d'en tirer un son ; un bêlement terne qui ressemblait au cri d'un phoque sur sa banquise. Nouvel éclat de rire. Ils étaient comme deux enfants avec un nouveau jouet.

— Essaie encore !

« La flûte » se plaignit dans les aigus cette fois et Hugo se mit les mains sur les oreilles.

— Pas besoin de crier.

— Je sais, je sais. Il faut parler.

C'était le vin… et l'atmosphère était de plus en plus détendue. Prenant une grande respiration, elle ferma les yeux et chuchota tout doucement. Une mélodie se répandit alors dans la maison ; quelque chose de très doux, qui rappelait le violon, mais en plus fluide. Elle rejoua le passage une deuxième fois, puis une troisième, en tordant les notes et en arrondissant les angles.

— C'est magnifique ! disait Hugo. Quand je souffle là-dedans, moi, c'est seulement du bruit.

L'inflexion que Marthe donnait aux mots avait quelque chose de suave. Et pourtant, c'est à peine si elle murmurait dans le masque.

— Qu'est-ce que tu dis ? C'est quoi les paroles ?

— Rien de particulier… ce qui me passe par la tête.

— Et qu'est-ce qui te passe par la tête ?

Au lieu de répondre, elle lui tourna le dos et continua de jouer en s'éloignant vers le salon. Malgré quelques anicroches, il y avait de la maîtrise dans son jeu, une finesse qu'il n'avait encore jamais entendu sortir de ce ramassis de tuyaux. Lorsqu'elle entra dans la pièce, l'écho vint se mêler à la musique, produisant des harmonies encore plus délicieuses.

Plus elle parlait dans l'instrument, plus Hugo était persuadé qu'elle déclamait quelque grand chef-d'œuvre emprunté aux livres de son père. Il n'avait jamais rien entendu de tel.

Elle était debout devant le divan. Elle s'était tue et, même à distance, il savait qu'elle était gênée. C'était le compliment peut-être, ou cette musique qui était sortie spontanément, qui l'avait un peu déshabillée.

— Non, non. Ne t'arrête pas. Continue de jouer.

Elle touchait aux clefs de l'instrument et mettait ses doigts sur chacun des trous. Elle cherchait à comprendre la logique du mécanisme en imaginant toutes les musiques qui se cachaient dans ces tuyaux.

Hugo la vit alors sous le chapiteau, l'instrument dans les mains, jouant une musique sublime pendant qu'il faisait le clown autour d'elle… comme Bobby et sa nièce Sally. Marthe soupesait toujours l'instrument. Elle auscultait l'objet, pinçant les cordes ou les flattant de ses mains moites.

— Moi, je l'appellerais le « Parloir ». Comme il suffit de parler dedans, ça va de soi, il me semble.

— Le « Parloir » ?

Elle s'esclaffa. Hugo n'était pas certain de comprendre, de trouver ça aussi drôle qu'elle, mais il lui passa un bras autour du cou.

Le geste était lent et affectueux. La dernière fois qu'il avait fait cela, c'était avec Sally, dans la loge avant le spectacle d'Oakland. Et il repensa à l'odeur des hommes… l'odeur de Victor Daguerre. Pourquoi lui avait-elle raconté cette histoire ? Et pourquoi l'avait-il interrompue ? Qu'avait-elle essayé de lui dire qu'il ne voulait pas entendre ?

Il la serrait contre lui, mais n'osait trop la regarder. Cette familiarité subite les intimidait autant l'un que l'autre. Marthe porta l'instrument à sa bouche. Ce qu'elle raconta alors dans le « Parloir » devait être très beau, car la musique était sublime.

5

Le clown

Avant de partir de Chicago, j'ai laissé une adresse et un numéro de compte dans une banque de Floride. Je dois y recevoir l'argent de la Barnum. Mais le virement tarde à venir. Je reste près du téléphone et les journées sont interminables. J'ai cru pendant un certain temps que je me sentirais bien dans cette chambre... pour toujours. En ce moment, il n'y a rien de moins sûr.

Depuis notre deuxième rencontre, Marthe a téléphoné au moins trois fois. Elle voudrait que j'emménage rue Éliane mais, pour le moment, c'est hors de question. Quelque chose m'échappe chez elle. Certains jours, c'est la lumière. D'autres, c'est l'ombre. J'ai l'impression qu'elle est fragile. Un barrage sur le point de se briser. Si j'insiste, les vannes vont s'ouvrir. Je serai submergé. Je ne sais pas si je pourrai vivre avec cela. Composer avec ses mystères tout en retrouvant le chemin du cirque. Avec Sally et Bobby, c'était tordu mais, au fond, c'était beaucoup plus simple.

À mon arrivée à Montréal, dans cette gare que je prenais pour un chapiteau, j'étais le maître de piste, celui qui faisait tourner les numéros. Maintenant, je suis redevenu ce que j'ai toujours été : un clown. Sauf que ma valise a disparu, mon costume et tous les objets nécessaires à mon travail se sont volatilisés. Je suis un bouffon qu'il faut deviner. C'est peut-être mieux ainsi, d'ailleurs. Je ne cherche pas à être quelqu'un d'autre.

Je ressemble un peu plus à ce Hugo Daguerre qui s'est enfui aux États-Unis, il y a de cela dix ans. C'était la déroute à ce moment-là. Personne ne me voyait, personne ne voulait de moi. La blessure était encore fraîche, elle aurait pu guérir. Mais depuis, j'en ai fait ma raison d'être. C'est devenu mon métier, et la plaie un trou béant. Au cirque, jamais il n'y avait assez de projecteurs, de regards et d'applaudissements pour remplir ce gouffre. J'aurais vendu mon âme pour faire rire, pour qu'on m'aime, pour être quelqu'un.

Plus je pense à Bobby, plus je songe à sa rage et plus ma peur s'estompe. La distance y est pour quelque chose, certes, mais il y a autre chose. Comme moi, je parie qu'il rêve au cirque, qu'il veut monter un numéro, qu'il veut retrouver les feux de la rampe. Quand on y a goûté, il n'y a que ça ! Mais jamais il ne retrouvera une cible aussi attachante que Sally. Comme moi, il est en coulisse et il attend son tour.

Ma retraite dans la chambre du fond du motel Émard aura eu cela de bon. J'ai réfléchi et je sais qu'il n'y aura pas de lanceur de couteaux dans mon cirque. Trop dangereux. Ce sera plutôt la musique, le fantastique, la magie même. Lorsque Marthe s'est mise à jouer, l'autre jour, c'était lumineux. Je l'ai senti dans mes tripes. Un pincement, un serrement. Quelque chose venait d'apparaître. Quelque chose qui n'était pas là, trois secondes plus tôt. Elle est fascinante, ma demi-sœur, avec son âge qui change constamment, son sens du drame et sa musique. Je retournerai la voir.

* * *

Marthe vient de téléphoner. Je somnolais en flattant le livre aux pages de soie quand la sonnerie m'a réveillé. Je n'ai toujours pas lu un seul poème de Baudelaire. Je me contente de toucher du bout des doigts. Je suis un physique de toute façon. Chez Victor Daguerre, tout passait par la tête, tout passait par l'intelligence et je fais languir Baudelaire pour me venger.

Marthe vient de téléphoner. Au début, j'ai cru que c'était la banque et j'ai eu du mal à cacher ma déception. Elle s'en est aperçue d'ailleurs, mais n'a rien laissé paraître. Au contraire, elle m'a fait une proposition. Comme elle a quelques jours de congé la semaine prochaine, elle voudrait aller au lac.

— Viens avec moi, m'a-t-elle dit. Ça va te faire du bien. Et tu pourras rencontrer Germain.

Je crois que c'est le géant qui a fait la différence. Un avant-goût du cirque. J'ai accepté de l'accompagner.

— Ça te gênerait d'apporter le Parloir ? m'a-t-elle encore demandé. J'aimerais ça, jouer un peu dans la nature.

— Bien sûr !

Nous avons convenu d'une heure et d'une journée au beau milieu de la semaine. Plus j'y pense, plus je crois qu'on aurait dû le faire avant, ce voyage.

6

Le géant, Baudelaire et le chanvre

L'autobus qui se rendait au lac Saint-François était bondé ce jour-là. Hugo et Marthe s'étaient assis sur la banquette arrière et regardaient cette foule bruyante qui pointait du doigt et piaillait. On était loin de la navette qui faisait le trajet autrefois. C'était une rame de métro égarée dans une banlieue interminable.

Hugo avait rangé l'étui du Parloir sous le siège et il tenait un panier d'osier sur ses genoux. La ville n'en finissait plus, la campagne était toujours plus loin et Marthe n'était pas vraiment surprise de ce qu'elle découvrait. Lorsque le chauffeur rangea son véhicule le long de la route en annonçant : « Lac Saint-François ! », elle fit la moue, comme si un verdict venait de tomber. Elle descendit l'allée de l'autobus, suivie de Hugo qui cherchait à voir le lac par les fenêtres. Les portes s'ouvrirent et le chauffeur marmonna dans une langue approximative :

— 'tention la marche !

Ils se retrouvèrent le long de la route, devant un chemin sinueux qui s'enfonçait dans un sous-bois. Une bruine légère tombait et Marthe commenta, l'air déçu.

— C'est à peu près à cela que je m'attendais !

À l'affût, Hugo regardait de tous les côtés, cherchant un indice, un souvenir de ce qu'avait été cet endroit, quinze ans plus tôt. De l'autre côté de la route, il y avait une cité nouvelle. Un puzzle de condominiums et d'habitations à prix modique qui enclavaient le sous-bois et son lac.

— Viens, ça doit être mieux près de l'eau, lança-t-il, le ton faussement enthousiaste.

Tout était gris, la pluie gagnait en intensité et Hugo prit le panier d'un geste décidé. Elle s'accrocha au Parloir et ils descendirent.

— Je ne reconnais plus rien. Tout a changé.

Entre les arbres chétifs, ils apercevaient des dizaines de chalets jouant du coude sur le bord de l'eau ; des petites boîtes sans charme et à moitié pourries, entassées les unes sur les autres comme les voyageurs de l'autobus.

— On n'y passera pas la nuit. Je parie qu'on repart dans une demi-heure.

— J'aimerais aller voir quand même. Il doit sûrement rester quelque chose.

Ils marchèrent un moment dans le sous-bois, le long des sentiers, entre les cabanes. Il n'y avait pas un chat ; pas le moindre signe de vie dans ce bidonville estival.

— Allons-nous-en ! répétait Marthe. Il me restait quelques bons souvenirs, autant les garder intacts.

C'est alors qu'une femme surgit de nulle part. Elle était imposante et avait les traits ingrats. Ses cheveux ébouriffés se dressaient sur sa tête dans un désordre intrigant. Elle se pencha vers Marthe et murmura :

— *Mon enfant, ma sœur*

— Pardon !

Cette familiarité avait fait reculer Marthe. C'était peut-être le choix des mots. Leur sonorité. Cette femme la dépassait de deux têtes au moins et elle bloquait littéralement le sentier.

— Nous cherchons le chalet de Victor Daguerre, lança Hugo. Savez-vous où il se trouve ?

Un demi-sourire apparut alors sur son visage. La rudesse de ses traits s'estompa quelque peu et elle hocha la tête :

— Vous connaissez les Daguerre ?

Marthe fit signe que oui. Hugo abonda dans le même sens et la femme se mit à rire. Un rire guttural et presque lubrique. L'alcool était passé par là de toute évidence. Un alcool qui avait laissé des traces.

— C'est Germain qui va être content, souffla-t-elle en découvrant deux larges rangées de dents.

— Ah ! vous connaissez Germain ?

Et le rire devint complice.

— Oui, oui. Il s'occupe des chevaux. Il a un manège et il fait tourner les vacanciers l'été...

— Comme ça le chalet existe encore ? insista Hugo.

— Absolument. Venez, je vais vous le montrer.

Sans autre forme de procès, cette femme démesurément grande pivota sur ses talons et ouvrit la marche. Marthe et Hugo suivaient derrière, mais elle leur cachait complètement le paysage. Ses épaules étaient un véritable écran et, chaque fois qu'elle faisait un pas, ses pieds s'enfonçaient profondément dans les aiguilles de pin. Ils descendirent vers la berge, puis bifurquèrent sur la droite. Dans le sentier qui longeait le lac, elle retrouva la parole :

— En juillet, il y a plein de monde ici. Mais hors saison, il faut surveiller. Il y a eu des vols...

Cela expliquait l'accueil plutôt froid. Avec cette carrure, elle faisait une très bonne gardienne, mais plus ils marchaient, plus l'atmosphère se détendait. À un moment, elle se tourna vers Marthe.

— Vous êtes la fille du libraire, je présume ?

Les deux femmes se donnèrent la main et la géante de préciser :

— Moi, c'est Gaël. J'habite par là depuis quelques années...

Hugo se présenta lui aussi, sans préciser son statut ni la raison de leur visite. Il aimait bien cette femme qui, sous des dehors ingrats, était très chaleureuse.

— Vous savez, Germain a continué d'entretenir le chalet. Il a toujours cru que quelqu'un reviendrait un jour...

Hugo était ravi de l'entendre. Cette phrase était pour lui. C'était écrit dans le ciel, quelque part. Un des Daguerre aurait besoin du chalet un jour et il serait là à attendre.

Au détour du sentier, Marthe s'arrêta brusquement. Elle avait reconnu la petite maison. Les intempéries avaient eu raison de sa peinture, une mousse verdâtre recouvrait une partie de la toiture, mais elle était magnifique. Un lieu de recueillement au milieu de cette pinède criblée de cabanes.

Marthe s'approcha de la véranda où son père avait passé tant d'heures à lire. La moustiquaire était défoncée, le plancher avait cédé à quelques endroits, mais c'était bien là. Le chalet de son enfance. Pourtant, lorsque Hugo lui demanda si elle reconnaissait l'endroit, elle fit signe que non.

— Tout a tellement changé, je ne suis pas certaine...

Mais elle mentait. Hugo le savait. Gaël aussi, d'ailleurs. Elle réprima un sourire et ouvrit la porte.

Le blanc était beaucoup moins blanc que jadis, le chalet était encore plus petit qu'elle n'avait imaginé, mais tout était là. Un mobilier très sommaire, un divan, une table, quelques chaises... L'endroit était propre et l'odeur qui planait laissait croire que quelqu'un y habitait.

Serrant le Parloir sur sa poitrine, Marthe s'avança doucement. Elle avait la tête rejetée en arrière, comme si elle craignait de recevoir un coup. S'arrêtant devant la grande fenêtre — celle donnant sur le lac — elle se mit à fixer l'horizon. Derrière, Hugo ouvrait toutes les portes, tous les placards. Il regardait dans les chambres, dans tous les recoins. Gaël aussi se sentait comme chez elle. De l'armoire sous l'évier, elle avait sorti un bac d'eau. En étirant le bras, elle avait déniché trois tasses sur l'étagère.

Hugo revint vers la table et s'installa tout à son aise. La silhouette imposante de Gaël, penchée au-dessus du poêle, avait quelque chose de Bruegel. L'odeur du thé commençait à se répandre dans la petite maison. Marthe leur tournait toujours le dos.

Elle n'en avait que faire de cette femme qui squattait probablement les lieux. Une clocharde qui avait trouvé en Germain un homme à sa mesure. Elle n'avait qu'une idée en tête : partir au plus vite, alors que Hugo, lui, commençait à s'incruster.

— Comme ça, vous connaissez Germain depuis longtemps ?

Gaël s'était remise à rire. Le même grondement rauque.

— Quand il voit monter la fumée de la cheminée, il vient faire un tour, d'habitude…

Elle en parlait comme d'un rendez-vous galant. De la fumée de cheminée en guise d'invitation. Quelque chose brillait dans son regard et Hugo voyait bien que cette femme était amoureuse.

Pendant qu'elle lui servait du thé, Hugo s'intéressa à la structure de la maison. Selon lui, la maison était encore solide. Elle pouvait tenir encore des années.

— Le lac, par contre, est plutôt décevant… enfin, je veux dire… le développement sauvage qu'il y a eu autour.

Gaël posa une tasse devant Hugo en convenant avec lui que l'endroit avait dû être merveilleux à une certaine époque.

Marthe était dans un état second. Une sorte d'engourdissement et elle refusa poliment la tasse qui lui était offerte. Battant en retraite, Gaël la déposa sur la table et se tourna vers le poêle pour y jeter une bûche.

L'attitude de Marthe déroutait profondément Gaël. Elle repoussa une mèche de cheveux qui lui couvrait le front et se tourna vers Hugo :

— Elle ne va pas bien ?

Il hocha la tête, se tourna vers sa demi-sœur et murmura :

— Un vieux chagrin...

Hugo avait accompagné ces mots d'un geste de la main, comme pour minimiser la chose. Le visage de Gaël retrouva son ingratitude. Ou était-ce de la douleur qu'elle ressentait ? Ses larges épaules s'étaient effondrées et elle semblait chercher une solution.

Marthe aurait pris ses jambes à son cou que cela n'aurait étonné personne. L'atmosphère était lourde, à trancher au couteau même. Et c'est Gaël qui se retira dans l'une des chambres.

Hugo buvait son thé. Il respectait le silence de sa demi-sœur et s'accommodait tant bien que mal de la situation.

Dès qu'il aurait fini son thé, dès que cette femme reviendrait, ils la salueraient et partiraient.

Marthe était toujours aussi crispée. Pendant de longues minutes, Gaël resta dans la chambre et Hugo se resservit à boire. Quand elle sortit, elle avait une pipe à la main. Elle y enfonçait du tabac avec son pouce et cherchait des allumettes du côté du poêle. Du haut de sa carrure, elle déclama :

— *Pour s'éloigner des rives du chagrin.*

Marthe sursauta, comme elle l'avait fait dans le sentier un peu plus tôt :

— Qu'est-ce que vous avez dit ?

Gaël avait un large sourire accroché au visage, mais elle ne répondit pas. Lorsqu'elle fit craquer l'allumette, une odeur âcre se répandit dans le chalet. Marthe la dévisageait avec insistance lorsqu'elle ajouta :

— *Tu contiens dans ton œil le couchant et l'aurore ;*
Tu répands des parfums comme un soir orageux

C'était stupéfiant. Le ton et le débit de Gaël étaient parfaits. Non seulement elle était inspirée lorsqu'elle récitait ces mots, mais on avait l'impression qu'elle les avait écrits elle-même. Une clocharde céleste !

Marthe prit la pipe que lui offrait Gaël comme si cela allait de soi. Elle qui ne fumait pas, elle, la bibliothécaire rangée, elle tira longuement sur ce calumet sans se poser de question.

Gaël parut soulagée. Ainsi donc, cette jeune femme mélancolique debout à la fenêtre ne refusait pas tous les cadeaux qu'on lui offrait. Elle reprit la pipe et se tourna vers Hugo qui fuma lui aussi. Le parfum du chanvre étendait ses ailes. Le petit tabac brouillait les esprits et personne n'était certain de ce qui se disait, de ce qui se passait vraiment. Était-ce cette femme à la chevelure des poètes maudits qui parlait en strophes ou s'agissait-il d'une illusion ? Quelle érudition venait de frapper cette géante, tout à coup ? La fumée bleuâtre courait sur les visages, Marthe serrait toujours le Parloir et elle se demandait si les mots de Baudelaire avaient été dits avant ou après qu'ils aient fumé.

Elle posa l'étui à ses pieds et regarda du côté de la véranda. Elle avait envie d'y aller, de voir cela de plus près. Le plancher craqua sous ses pieds. Gaël était revenue s'asseoir devant Hugo. Elle était tout sourire et continuait de tirer sur la pipe. Dès que Marthe mit le pied dehors, une voix gronda derrière elle :

— Mais où étais-tu ?

Elle se retourna vers la chaise d'osier, ouvrit la bouche, mais les mots restèrent accrochés.

— Je… euh… à côté, chez Germain…

La voix de Marthe était celle de son enfance. Une voix nasillarde et qui chantait, même quand ce n'était pas le temps. Elle lui fit un petit signe de tête. Le libraire acquiesça. Victor Daguerre portait le même pantalon de lin… le même panama.

— Il y a un moment déjà que je voulais te parler, marmonna-t-elle.

— Ne me dis pas que tu veux revenir là-dessus ?

Elle eut un geste de recul, chercha à se ressaisir et cracha, presque avec dépit :

— Tu dis toujours ça ! Mais au fond, on n'en parle jamais ! J'ai ça sur le cœur, moi !

— Ça fait tellement longtemps. C'est du passé. Sois raisonnable…

— J'ai été raisonnable. Mais cette fois, je n'en ai plus du tout envie !

Le vieux Daguerre referma son livre. Il ne reconnaissait plus sa petite Marthe. Elle était arrogante, vindicative même. Il chercha à la calmer :

— Tu as eu de la chance dans la vie. Tu as fait des études, tu as tous les livres, la maison et tu as un travail que tu aimes…

— Papa, je veux qu'on règle cette histoire une fois pour toutes.

Le ton était de plus en plus fiévreux. À nouveau, le libraire voulut éluder le sujet.

— Pourquoi déterrer les morts ? Tu te fais du mal, Marthe.

— Mais j'ai mal !

— Écoute, c'est arrivé une fois ou deux.

— Cinq fois, papa ! Cinq !

— Bon, peut-être cinq fois, mais je n'ai pas voulu te faire mal. Et puis, souviens-toi comment c'était. Ta mère était très malade. Nous étions bouleversés.

Le vieil homme tremblait. Il avait de plus en plus de mal à trouver ses mots, alors que Marthe le transperçait du regard.

— Tu voudrais peut-être que je me mette à genoux ? suggéra-t-il avec un brin de sarcasme.

— Tu ne comprends vraiment rien, papa ! C'est lourd à porter. Je veux qu'on vide la question !

— C'est une chose regrettable... mais que veux-tu que je te dise, c'est arrivé ! On a eu ces rapports... comment dire ?

— Justement ! Je voudrais te l'entendre dire !

— Il y a des années de cela. C'est arrivé ! Voilà tout !

Victor Daguerre était exaspéré. Il frappait sur son livre en marquant chaque mot. De la bave coulait des deux côtés de sa bouche, mais Marthe était imperturbable. Pendant des années, elle s'était préparée à cette rencontre et elle ne ferait pas marche arrière.

— Mais je suis ta fille, papa !

— Ah ! c'est ça que tu veux m'entendre dire. Tu voudrais que je joue au bon papa et que je te dise : « Oui ma petite fille. » Mais tu n'es pas ma fille. C'est pour cela d'ailleurs que cette affaire est arrivée. Ça n'excuse rien, mais...

Au milieu de sa phrase, il se mordit la lèvre. Un ange se faufila entre eux et, pendant un long moment, ils restèrent là, muets. Le libraire était tout recroquevillé. Il était honteux et jouait avec le coin corné d'une page de son livre en attendant qu'elle dise quelque chose, qu'elle lui pardonne peut-être. Mais elle n'en fit rien. Elle savoura plutôt l'instant, comme une victoire, comme si enfin il avait craché le morceau.

Une porte grinça derrière elle. Germain, le fils du paysan, entrait la main tendue. Il était imposant ; un colosse dont la tête touchait les poutres du plafond. Hugo était ravi… et Gaël aussi, de toute évidence. Elle s'était approchée de lui, elle lui frôlait la main et ses yeux étaient devenus des prismes. Toutes proportions gardées, ils faisaient un beau petit couple.

— Ma pauvre Marthe, marmonna le vieux libraire sur la véranda. Si tu savais comme je suis désolé.

Il était sincère. Il se tenait la tête à deux mains et semblait désespéré. Elle l'aurait peut-être pris en pitié d'ailleurs, s'il n'avait ajouté :

— Si tu veux bien… j'aimerais que ça reste entre nous cette histoire. Que tu n'en parles à personne.

— Pourquoi ?

— C'est tellement regrettable.

Elle revint aussitôt vers lui, chercha à le prendre par les épaules et à le secouer, mais elle passa dans le vide. Instinctivement, elle se tourna vers le chalet où Germain et Hugo parlaient de plus en plus fort. Elle voulait leur faire signe de venir pour qu'ils entendent eux aussi. Sauf qu'elle n'osait pas. Victor Daguerre était mort depuis longtemps. On ne l'aurait pas crue.

De guerre lasse, elle ouvrit la porte et rentra. Une étrange confusion régnait dans le chalet. C'était le chanvre ou peut-être le cirque. Une conversation enflammée était en cours. Il était question de chapiteaux et d'animaux dressés.

Marthe s'attarda un moment dans l'embrasure de la porte. Elle était fascinée par Gaël et Germain, par ce langage du corps qui les rapprochait. Quand l'un parlait, l'autre vibrait. Ils se tenaient discrètement la main et tanguaient au même rythme. Gaël n'avait rien d'une beauté, Germain versait dans la disproportion outrageuse et, pourtant, ils étaient beaux à voir. Ils étaient amoureux !

Germain l'aperçut le premier. Il se tourna vers elle, la conversation s'interrompit brusquement et il ouvrit tout grand les bras. Comme à leur dernière rencontre, Marthe fut prise d'un vertige subit. Le géant venait vers elle. Il allait la prendre dans ses bras… quand le plancher se déroba sous ses pieds.

Gaël, qui avait vu venir le coup, bouscula les deux hommes pour l'attraper au vol. Du coup, Marthe se retrouva dans ses bras moelleux et se mit à pleurer. Des torrents coulaient le long de ses joues, elle reniflait comme une enfant et se demandait ce qui lui arrivait.

— Quand on sait qu'on a raison, murmura Gaël, on ne cherche pas à convaincre ceux qui ont tort.

Ces mots eurent l'effet d'un coup de poing et l'orage s'arrêta aussitôt. Marthe ravala sa peine et, une nouvelle fois, elle dévisagea Gaël. Elle scruta le regard de cette femme qui lui avait d'abord fait peur, cette femme qui l'avait entraînée dans les méandres du chanvre et qui savait ce qui s'était passé sur la véranda.

— Ça va mieux ? demanda-t-elle.

Marthe se dégagea doucement de l'étreinte en faisant signe que oui. Alors, la géante sortit de la maison en agitant les bras au-dessus de sa tête. Gaël renvoyait le libraire comme on chasse les chiens qui viennent rôder la nuit. Cette femme était vraiment une sorcière. Elle savait parler aux morts… et surtout leur faire peur.

Encore chancelante, Marthe se tourna vers Hugo qui lui offrit son épaule. Une semaine plus tôt, il n'aurait pas supporté cette promiscuité, cette intensité. Il se serait défilé en cherchant une excuse. Cette fois pourtant, il n'en fit rien. Elle pouvait pleurer toutes les larmes de son corps, il ne la repousserait pas.

7
Décors

Il faisait très chaud lorsqu'ils revinrent en ville. Le beau temps était arrivé tout d'un coup et, dès qu'ils mirent les pieds dans la maison, Marthe ferma les volets et tira les rideaux. Elle n'était pas très loquace et, bientôt, elle se retira dans ses appartements. La nuit au lac Saint-François l'avait épuisée. Elle avait besoin de s'arrêter un moment, de repenser à tout cela.

Hugo se fit tout discret. Comme le temps était insupportable, il décida de faire la sieste avant de retourner au motel. Contrairement à sa sœur, il était ravi de cette visite au lac. Germain, le géant, avait une passion pour les animaux et, lorsqu'il avait parlé de cirque, ils s'étaient entendus comme larrons en foire. Peut-être un jour travailleraient-ils ensemble ?

Après avoir vidé le panier de victuailles et rangé le Parloir, il vint rôder dans le salon où il se laissa choir sur le divan. Seul au milieu des livres de son père. Seul dans cette maison intimidante qu'il commençait à peine à apprivoiser. Le voyage au lac l'avait rapproché de Marthe. Lorsqu'elle avait fondu en larmes et qu'elle était venue s'appuyer sur son épaule, il avait passé une heure à la consoler, sans demander pourquoi elle pleurait. Il l'aimait... il lui devait bien cela.

Tout le reste de la journée, Hugo somnola sur le divan en pensant à ce qui l'attendait. L'argent de la Barnum qui n'arriverait peut-être pas, la valise et certains objets qui avaient disparu à jamais. Quelques heures filèrent ainsi. La lourdeur du jour se dissipa et lorsqu'il ouvrit un œil en fin d'après-midi, elle était là dans l'escalier. La grande fatigue de Marthe semblait s'être évanouie. En fait, on aurait dit qu'elle préparait un mauvais coup.

Marthe se dirigea vers un placard qu'elle ouvrit avec grand fracas. Elle en sortit un carton et le déposa au milieu de la pièce. Prise d'une frénésie subite, elle se rua sur les livres, sur ces piles de bouquins qui envahissaient le rez-de-chaussée. Les bras chargés, elle venait alors les jeter dans la boîte. Elle démolissait les gratte-ciel, anéantissait les boulevards de ces villes miniatures. Rien ne lui résistait et, dès que la première boîte fut pleine, elle descendit au sous-sol en chercher une autre. Encore endormi, Hugo suivait le petit manège et, bientôt, il ne put s'empêcher de dire :

— Ça y est ? Les fouilles sont terminées ? Tu ranges ton père ?

Elle hocha vaguement la tête en continuant de jeter tous ces livres par-dessus bord. Amusé, il se redressa pour évaluer l'importance de l'entreprise. Il y avait là de quoi remplir une bonne trentaine de cartons. Seule, sa demi-sœur y mettrait deux jours.

— Et ce n'est pas tout, annonça-t-elle en s'arrêtant au milieu de ce grand ménage. Je quitte mon emploi à la bibliothèque. J'en ai assez. Ça y est, c'est terminé !

Marthe était déchaînée. Quand il l'avait rencontrée la première fois, jamais il n'aurait pensé qu'elle puisse faire une volte-face semblable. Il l'avait crue bibliothécaire à jamais.

— J'aurai trente ans au mois d'août. Ça y est ! Il est temps de passer à autre chose.

Plus rien ne pouvait l'arrêter. Les piles de livres fondaient à vue d'œil. Cette petite architecture, qui avait tant intrigué Hugo à son arrivée, n'existait déjà plus. C'était la furie. Les cartons s'entassaient dans l'entrée et formaient une véritable barricade. Le décor se transformait rapidement et un gros meuble apparut au milieu du salon. Un meuble dont Hugo n'avait même pas soupçonné la présence. C'était un téléviseur noir et blanc encastré dans un cabinet qui abritait aussi une chaîne stéréo. Un monstre en bois verni avec un tourne-disque Garard et des haut-parleurs dissimulés.

— Est-ce que ça fonctionne ? demanda-t-il en flattant le vieil appareil.

— Peut-être. Il est là depuis des années. Je ne sais pas.

Marthe n'avait pas le temps de parler. Pas le temps d'expliquer. L'urgence était partout dans ses gestes et, peu à peu, le rideau se levait sur ce décor d'une autre époque : des bibelots qu'on avait oubliés, des lampes qui apparaissaient tout à coup. Une fenêtre fermée par un mur de livres. C'était une tornade, un raz-de-marée... rien n'y échappait !

Au bout d'une heure, Hugo avait déjà monté quinze cartons à l'étage. Il proposa de les mettre dans cette chambre fermée au bout du corridor, mais elle s'y opposa catégoriquement. Il les rangea donc le long du mur en laissant un passage pour circuler. Chaque fois qu'il descendait au salon, il s'arrêtait devant le téléviseur et le regardait d'un peu plus près. C'était le modèle avec les portes qui se referment sur l'écran. Lorsqu'il voulut les ouvrir, Marthe lui demanda de venir l'aider ; un des cartons était plus lourd que les autres et elle n'arrivait pas à le déplacer.

L'ouragan continua ainsi jusqu'en début de soirée. Quand les livres de Victor Daguerre eurent complètement disparu, Marthe se laissa choir sur le divan, l'air soulagé. Le gros meuble abritant la télé était nu au milieu de la pièce. Hugo baragouina quelque chose à propos du motel Émard, tandis qu'elle s'étonnait de la grandeur du salon.

— En déplaçant quelques meubles, ça changerait complètement d'allure ici.

— Faudrait encore en avoir la force.

Elle prit le commentaire comme un défi, se leva de plus belle. Dans un regain de tempête qui dura encore une bonne heure, ils déplacèrent tout ce qui leur tombait sous la main. Le gros divan, les fauteuils et les tables. Tout valsait dans la pièce, comme si Marthe était lancée dans une guerre à finir. Le divan se retrouva devant le vieux téléviseur, séparé de celui-ci par une table basse. Une île échouée au milieu de ce grand salon. Tous les autres meubles avaient été rangés le long du mur.

Lorsque Marthe déclara forfait, ils sombrèrent tous deux dans les coussins et restèrent un long moment sans bouger, sans rien dire, l'âme au repos.

— Tu sais ce qui m'a frappée hier au lac ? avoua-t-elle au bout d'un moment.

Hugo eut un vague grognement. Il était en train de s'endormir. Elle se leva discrètement et fit quelques pas vers la salle de bains.

— ... qu'est-ce qui t'a frappée ?

Il avait les yeux lourds. Elle s'était arrêtée et semblait chercher ses mots :

— Gaël et Germain. Tu sais cette façon qu'ils avaient de se tenir la main… et de se regarder.

— Oui, je crois qu'ils sont bien ensemble.

— L'amour chez les géants, murmura-t-elle. Je n'y avais encore jamais pensé… Il suffit de trouver l'âme sœur, je suppose.

Hugo s'était redressé. Elle avait le regard vague. Il aurait voulu qu'elle revienne, qu'ils parlent encore un moment. Elle se contenta d'ajouter :

— Tu peux dormir là si tu veux. Il va faire chaud dans ton motel. Tu seras mieux ici.

Il y avait un léger tremblement dans sa voix. Peut-être ne voulait-elle pas être seule ? La maison avait tellement changé. Peut-être souhaitait-elle une présence, quelqu'un pour la rassurer à son réveil le lendemain ?

— Si tu veux, oui. Il est très confortable ton divan.

Elle fit un petit signe de la tête et disparut derrière la porte de la salle de bains. Hugo avait accepté sans réfléchir, mais cela lui était égal. Dormir dans cette chambre de motel ou dans ce grand salon vide. Quelle différence ?

Instinctivement, il se tourna vers le téléviseur et se mit à jouer avec tous les boutons à la fois. Un rayon bleuâtre sortit de l'écran, un semblant d'image égarée dans un épais brouillard. Hugo éteignit et ralluma le poste, tenta un ultime ajustement, sans parvenir à tirer la moindre image de l'appareil. Le calme bleu.

Il laissa courir son regard sur la grande pièce, puis plus loin dans l'entrée. Sans plus réfléchir, il se leva et parcourut le rez-de-chaussée en éteignant toutes les lumières. Rappliquant aussitôt vers le divan, il admira le résultat. La télé et son rayon bleu éclairaient toute la pièce… et tout le rez-de-chaussée même. L'austérité avait disparu. Les hauts plafonds buvaient la lumière. Il n'en restait plus qu'un reflet.

Une bonne demi-heure s'écoula avant que Marthe ne sorte de la salle de bains, tout emmaillotée dans sa robe de chambre. Elle s'étonna des changements à l'éclairage, mais elle avait autre chose en tête : récupérer le Parloir dans la salle à manger. Serrant l'instrument dans ses bras, elle revint vers le divan.

— Il y a un autre truc que je voulais te demander. Hier au lac… je ne me souviens plus très bien… est-ce que c'est avant de fumer ce chanvre ou après que Gaël s'est mise à parler comme Baudelaire ? Je veux dire, à citer ses poèmes comme ça ?

Il haussa les épaules et se tourna vers le rayon bleu pour cacher sa gêne.

— Baudelaire ? Je ne me souviens pas qu'elle ait parlé de Baudelaire. Je crois que c'est son genre, elle est comme ça… elle parle comme ça.

Marthe n'en croyait rien et elle resta appuyée au dossier du divan un long moment, l'esprit ailleurs, le regard incertain. Hugo se serait retourné, l'aurait regardée droit dans les yeux, mais quelque chose le lui interdisait. Une odeur de savon ou de crème qui flottait autour d'eux. Un souvenir. Sally peut-être. S'il ne s'était pas retenu, il l'aurait embrassée sur la joue. Il lui demanda plutôt :

— Tu crois vraiment qu'il ne reste plus d'images dans cette télé ?

— Probablement pas. Elle a dû se vider, répondit-elle.

Elle fila vers l'escalier. Elle ne marchait pas, Marthe. Elle lévitait. Elle flottait au-dessus des marches, mais quand Hugo se retourna, elle avait disparu.

C'était une bonne idée d'avoir accepté son invitation. Il ne s'était pas senti aussi bien depuis longtemps.

8

Les fantômes

Depuis une demi-heure, Marthe joue du Parloir là-haut. Un parfum se répand dans la maison, sa musique me touche beaucoup et, si je m'écoutais, je monterais là-haut pour mieux entendre. Je n'aurais jamais cru qu'on puisse sortir d'aussi belles choses de cette cornemuse. Je me demande ce qu'elle peut bien dire.

Au motel Émard, je n'avais pas la télé. Vue sur le parc seulement. D'une certaine manière, le salon de Victor Daguerre est une nette amélioration. Le rayon bleu et la musique de Marthe. Le bonheur.

Il y a eu une véritable révolution aujourd'hui dans cette maison. Certains de ces livres étaient là depuis vingt ans. Le changement est si radical que la maison est un peu nue, presque vide. Ça me rappelle le cirque. Derrière un décor s'en cache toujours un autre. Et plus les changements sont rapides, plus ils produisent un effet éblouissant. Le libraire lui-même ne s'y retrouverait pas. Mais ce qui m'a le plus étonné, c'est la colère de Marthe dans ce grand dérangement. Comme si elle voulait effacer, oublier à tout prix, annuler quelque chose alors qu'il n'y a pas que du mauvais dans les livres de son père. Je suis mal placé pour dire une chose pareille, mais Baudelaire je le trouvais pas mal, moi.

Tiens ! Elle vient de s'arrêter. Elle ne tenait plus sur ses jambes tout à l'heure. Et c'est très bien qu'elle s'endorme avant moi. Pour ma première nuit chez elle, je préfère veiller un moment, surveiller le décor. Je me suis fait un nid au fond du divan et j'ai roulé la couverture en boule, comme si je serrais Sally contre moi. Il y a des bruits qui viennent de la cuisine… ou plus loin, de la ruelle. J'ai les paupières de plus en plus lourdes, mais je n'arrive pas à dormir.

Ou bien je rêve, ou bien quelqu'un est en train de forcer une porte. Il y a eu un petit coup sec, là-bas à l'autre bout de la maison. Une porte ou une fenêtre, je ne sais pas. Je me retrouve tout à coup au milieu du salon, debout, les bras tendus. C'est ridicule, je le sais bien, mais j'ai l'impression que quelqu'un vient d'entrer. J'entends des pas. Il faut rester calme. Ce n'est peut-être rien, mais j'aime mieux aller voir.

Le rez-de-chaussée est encore plus grand que je ne me l'imaginais. Le garde-manger est vaste comme un garage et sous le grand escalier, il y a un trou noir. La ruelle est déserte et je suis seul à déambuler dans la maison, à chercher des fantômes. Je pense à Victor Daguerre, bien sûr. C'est lui qui doit rôder par là, qui doit chercher ses livres. À moins qu'il ne soit venu pour me chasser.

Je regagne le divan, mon île au milieu du salon et je m'accroche au rayon bleu du téléviseur. Le vieux libraire est là, je le sais. Il fait un dernier tour de piste, mais il va repartir. Il est en colère parce qu'il croit que j'ai persuadé Marthe de ranger les livres. Pourtant je n'y suis pour rien. Je l'ai seulement aidée. Il croit peut-être que je veux m'installer, Victor Daguerre. Il pense peut-être que je vais prendre racine. Mais il a tort. J'ai autre chose à faire, moi.

9
Le dépotoir

Le parc 9 n'avait à peu près pas changé depuis quinze ans. Les arbres poussaient de peine et de misère, le gazon était toujours d'un vert jaunissant et des vestiges d'une autre époque remontaient à la surface, comme autant de déchets qu'on ne parvient pas à faire oublier. Des années d'enfouissement avaient fait de cet endroit un terrain meuble, aux formes sans cesse changeantes et plus personne ne s'étonnait de voir des monticules apparaître tout à coup au milieu du terrain de baseball ou dans le stationnement. Parfois, on trouvait des boulons rouillés qui tournaient à vide sous l'écorce d'un arbre et une rumeur voulait qu'on ait déterré une grenade encore bonne pour la mort près des fontaines. Des parents affolés voulaient qu'on interdise l'endroit, mais leurs enfants s'y opposaient parce qu'ils s'amusaient bien dans ce parc. Lorsque Hugo descendit d'un taxi devant le motel Émard, deux femmes l'abordèrent aussitôt:

— Vous n'êtes pas du quartier peut-être, mais ça ne fait rien. On demande à tout le monde de signer. Il nous faut beaucoup de noms !

— Je m'excuse. Je n'ai pas le temps... la voiture m'attend. Je repars tout de suite.

— Ce sont nos enfants qui sont en cause. Ils vont s'empoisonner à jouer là-dedans !

Il y avait du vibrato dans la voix de cette femme. Elle s'appelait madame Blanche. Elle était institutrice et, à temps perdu, elle s'occupait de catastrophes. C'est à ce titre d'ailleurs qu'elle pointait le parc comme si c'était l'antichambre de l'enfer. Le numéro était convaincant. En tout cas juste assez pour que Hugo s'incline. Il prit le stylo qu'elle lui tendait et gribouilla son nom sur une feuille.

Pourtant, il l'aimait bien ce parc. Il avait des souvenirs enfouis là-dessous. Mais il s'inclina parce qu'il est de bon ton d'être contre les dépotoirs.

— Nous préparons une manifestation aussi. Un grand rassemblement, ce dimanche, au parc.

— Pour le solstice, ajouta l'autre femme, celle qui était plus timide. Dimanche, c'est le solstice d'été.

Une vraie bande enregistrée. Elles mitraillaient leur petite publicité en suivant Hugo à la trace, comme si elles cherchaient un engagement de sa part. Une promesse d'y venir.

— Il va y avoir des musiciens, des cracheurs de feu... et des clowns.

Il n'écoutait plus depuis longtemps lorsqu'il s'engouffra dans ce petit édifice à toit plat qui tenait lieu de réception. Aucun message pour lui, ni courrier ni téléphone. Il fila donc vers sa chambre où il rassembla ses affaires en quatrième vitesse : les vêtements achetés la semaine précédente et qu'il n'avait pas encore essayés, la valise toute neuve et le livre aux pages de soie qu'il se proposait toujours de lire. Pour une fois, Marthe était libre ce week-end. Elle l'avait invité à passer quelques jours, question de le sortir de cette chambre sombre. Il avait accepté sans hésitation. En refermant la porte, il croisa madame Blanche et sa comparse qu'il salua de la main. En remettant le pied dans le taxi, il lança :

— Rue Éliane !

Marthe n'avait pas vraiment quitté son emploi à la bibliothèque. Elle s'était contentée d'un congé sans solde… pour commencer. Cette décision n'avait rien à voir avec l'arrivée de son demi-frère, prétendait-elle. Elle y songeait depuis un moment. Mais le moins qu'on puisse dire, c'est que tout bougeait dans sa vie. D'abord le grand rangement des livres, puis les répétitions de Parloir qui étaient de plus en plus fréquentes et, enfin, cette invitation plutôt rigolote : une fin de semaine sur le divan devant une télé sans images. Quoi de mieux pour se dépayser ! L'argent de la Barnum n'était toujours pas arrivé, le loyer du motel Émard commençait à creuser un trou dans son budget, et quatre jours à l'œil chez sa demi-sœur ne lui feraient pas de tort. Surtout qu'ils s'entendaient bien.

Au début, il tourna en rond dans le salon, gravitant autour du divan et du rayon bleu. Il fit semblant de lire le Baudelaire pour se donner une contenance, mais délaissa très vite le livre parce que Marthe lui posait toutes sortes de questions. Elle voulait savoir comment c'était au cirque. Si les dompteurs de lions se faisaient égratigner quelquefois, si les équilibristes tombaient, comment le lanceur de couteaux s'y prenait pour ne blesser personne. Le fantôme de Sally vint rôder un moment, Hugo se mit à bégayer et Marthe se tut.

Ce soir-là, pour prendre l'air, ils traversèrent la petite place devant la maison et remontèrent doucement le boulevard Delorme. Ils parlaient de tout et de rien… de la grogne qui courait dans le quartier à propos de ces travaux qu'il faudrait bien entreprendre un jour. Comme Hugo, Marthe avait une opinion mitigée sur l'assainissement du parc. Si on détruisait tout, elle y laisserait des souvenirs.

Sans se consulter, ils passèrent devant le motel Émard, traversèrent le grand stationnement et s'engouffrèrent dans le parc. C'est Marthe qui pointa le banc devant le grand champ cabossé. Hugo hocha la tête et ils vinrent s'asseoir. Ils devaient penser à la même chose, à ces rencontres qu'ils avaient jadis avec Victor Daguerre, à ces piqueniques où ils se le déchiraient. Mais ni lui ni elle n'avaient envie d'en parler. Ils préféraient respirer l'air frais.

Hugo aimait bien leurs rapports nonchalants. Marthe avait ses appartements, jouait de la musique à l'heure qui lui convenait et quand ils en avaient envie, ils faisaient quelque chose ensemble. Pendant une bonne demi-heure, ils restèrent ainsi, muets et contemplatifs. Puis, à brûle-pourpoint, il demanda :

— Tu sais l'autre jour, quand on est allés au lac. Qu'est-ce qui s'est passé au juste ?

La réponse devait être prête depuis un moment déjà. Marthe la récita comme on dit une prière.

— J'ai eu un grand coup d'ennui quand je suis sortie sur la véranda. Rien de plus. C'est oublié maintenant.

Il n'en crut rien bien sûr et continua de l'épier du coin de l'œil. Il crut un moment qu'elle allait se lever, se défiler, aller marcher plus loin. Il insista :

— Gaël. Après qui criait-elle lorsqu'elle est sortie ?

Elle était dans ses derniers retranchements. Sa lèvre supérieure se mit à trembler et elle souffla, du bout des lèvres :

— Après lui. Elle courait après lui.

Hugo eut envie de rire. Il avait lui-même couru après Victor Daguerre dans la grande maison, le premier soir où il y avait dormi.

Elle était au bout du banc, sur le point de tomber, prête à basculer dans le dépotoir et les mots ne venaient toujours pas. Elle tremblait, ses doigts couraient sur le banc et puis, d'un seul coup, elle lâcha le morceau.

— Au chalet, on a fait l'amour, papa et moi. J'avais dix-sept ans et c'est comme si ça s'était passé hier.

Hugo eut un geste de recul. Il y avait méprise, ils ne parlaient pas de la même chose. En posant cette question, il pensait à cette nuit où ils avaient fumé du chanvre.

— Maman ne voulait plus aller à la campagne. Elle était trop malade et préférait rester à la maison... près de son médecin.

C'est lui, cette fois, qui voulut se lever et s'éloigner du banc. Ces mots l'avaient choqué. Il serrait les mâchoires et ne voulait plus rien entendre.

— On était au chalet, papa et moi. Le premier soir, il est venu dans ma chambre. On a parlé de maman, de sa maladie. Il était affectueux, mais il y avait quelque chose de différent. Je ne sais pas comment dire. Il me touchait, alors qu'avant il ne le faisait jamais. On pleurait tous les deux parce qu'on savait qu'elle allait mourir. Ce serait long peut-être, mais la maladie de Parkinson finirait par l'emporter. J'étais inconsolable et il s'est étendu tout près de moi, comme nous le faisions quand j'étais petite. Il avait la même odeur... c'était rassurant. J'avais l'impression que si nous restions là, collés l'un contre l'autre, la douleur s'en irait.

— Mais qu'est-ce que tu dis ? C'est quoi, cette histoire ?

Hugo était terrorisé, mais Marthe n'en voyait rien. Elle continuait de parler sur ce ton monocorde, déterminée à aller jusqu'au bout :

— Je n'ai rien senti. Il me consolait, c'est tout ce dont je me souviens. Maman allait mourir, la peine était profonde. Puis, je me suis rendu compte qu'il y avait du sang sur le drap. Il y avait du sang et j'ai compris que c'était fait, que c'était terminé. Dans ma tête, ça ne pouvait être mal. Il avait fait cela parce que j'avais peur.

Marthe regardait droit devant, imperturbable. Seule sa lèvre supérieure trahissait son émotion.

— Le lendemain, on a parlé, lui et moi. On s'est soûlés de paroles. On s'est étourdis à s'imaginer qu'il ne s'était rien passé... ou alors que tout cela était normal. Un médecin venait de nous annoncer l'impensable. On épanche sa peine comme on peut.

Hugo regrettait d'avoir posé cette question. Le gouffre qui se creusait devant lui l'affolait et il souhaitait partir. Il voulait que la conversation cesse, que cette histoire d'horreur s'étrangle, se pende d'elle-même. Il souhaitait retourner sur le divan et dormir quelque peu. Échapper à ce cauchemar et rêver au cirque, peut-être.

— On est restés cinq jours au chalet, poursuivit Marthe. Et à chacun de ces jours, on a recommencé !

— Mais arrête ! Je ne veux pas le savoir ! Tais-toi !

— À la fin, ce n'est pas lui qui venait dans ma chambre. C'est moi qui allais dans la sienne. Je ne supportais plus de rester seule. Je voulais être près de lui. Je voulais disparaître sous lui.

— Marthe ! J'en ai assez. Je m'en vais !

Il se leva, mais elle le retint encore un peu. Elle tira sur sa manche jusqu'à ce qu'il tourne la tête, jusqu'à ce qu'il la regarde dans le fond des yeux :

— Et tu sais ce qu'il m'a dit au bout de ces cinq jours ? Tu sais ce qu'il a fini par me dire ?

Ça non plus, il ne voulait pas le savoir. Il aurait préféré parler du lanceur de couteaux et du trapèze. De la mort de Sally même, qui lui semblait moins douloureuse tout à coup.

— Il m'a dit que je n'étais pas sa fille. Que ma mère était déjà enceinte lorsqu'il était entré dans sa vie.

— C'est faux ! Mais qu'est-ce que c'est que cette histoire ? C'est de la démence !

— C'est ce que j'ai cru moi aussi.

— Il se sentait coupable ! Il aurait dit n'importe quoi !

La colère de Hugo fit reculer Marthe. Il était hors de lui et elle crut un moment qu'il allait faire une bêtise.

— Quel salaud ! Mais quel salaud ! Il baise sa fille et pour arranger les choses, il décide qu'elle est de quelqu'un d'autre. Qu'il n'en est pas le père ! C'est affreux !

— Sauf que c'est vrai, Hugo. C'est aussi vrai que toi et moi on est assis là, sur ce banc.

Il refusait d'y croire, secouant la tête et cognant du poing sur le banc.

— Je te jure, Hugo. Tu peux me croire. Ma mère est devenue enceinte sans le vouloir, d'un homme qu'elle connaissait à peine et qu'elle n'aimait pas. C'est après seulement qu'elle a rencontré ton père. Il a été touché par sa situation, je crois... et c'est comme ça qu'il est entré dans sa vie !

Marthe se mordait la lèvre. À l'autre bout du banc, Hugo desserra les poings et enfonça les mains dans ses poches. Le parc et son dépotoir étaient un jardin de roses à côté de ce qu'elle lui racontait. Heureusement, elle ne disait plus rien. Elle se contentait de le regarder.

Ils restèrent devant le champ cabossé une bonne demi-heure encore. Puis, quand ils se levèrent, elle lui offrit son bras. Hugo avait une aile cassée et boitait comme s'il avait couru le marathon. Elle était fatiguée elle aussi, et n'avait presque plus de voix. Ils rentrèrent en silence, se quittèrent au pied de l'escalier et Hugo ne prit même pas la peine d'allumer la télé. Il se déshabilla dans le noir, elle fit quelques arpèges là-haut et il s'endormit avant même qu'elle ne joue un morceau au complet.

10

Marthe

Je comprends la déroute de Hugo. Pendant des années, j'ai cru moi aussi que Victor Daguerre mentait. Nous avions eu ce rapport inhabituel, cette grande « consolade » et pour conjurer le sort, pour effacer l'inacceptable, il m'avait dit que je n'étais pas sa fille, que j'étais quelqu'un d'autre. Pendant longtemps j'ai porté ce doute, ce fardeau et je comprends qu'il offre de la résistance. Hugo refuse d'être quelqu'un d'autre parce que cela le forcerait à dénouer des nœuds, à revoir et à reprendre des tas de choses dans sa vie. Il n'a pas encore choisi de le faire. C'est son droit, mais je ne veux pas qu'il parte. J'aimerais qu'il reste. Je sais que c'est difficile pour lui. Je ne suis plus sa demi-sœur. Je ne suis plus rien du tout.

Quand je me suis réveillée, il y avait une brise fraîche. Le mois de juin sera un peu moins assommant aujourd'hui et nous parlerons peut-être. J'ai un côté obsédé comme ça. Il y a deux ou trois petites choses qu'il faudrait éclaircir. À propos de ma mère, par exemple. C'est elle qui devait mourir la première et c'est pour me consoler que Victor Daguerre m'a prise dans ses bras. Or, il est parti le premier. Il s'est effondré dans l'arrière-boutique de sa librairie, lourd comme une pierre tombale.

C'est elle qui devait tirer sa révérence, mais elle est restée. Elle s'est attardée un moment pour faire de l'ordre. Toute mourante qu'elle ait été, elle m'a réécrit un rôle. Elle me l'a donné, un matin. C'était comme recevoir des nouvelles d'un monde lointain. L'écriture était décharnée, illisible par endroits. Et pourtant, tout y était dit, en noir sur blanc. Rien de ce que j'avais cru jusque-là n'était vrai.

J'ai traîné cette lettre pendant des années. Je l'ai relue cent fois, mille fois, je la gardais dans une boîte avec des bijoux, avec des souvenirs... J'ai pour ainsi dire appris ma vie par cœur. Comme une partition, je l'ai gardée près de moi jusqu'à ce qu'elle s'inscrive dans ma mémoire, jusqu'à ce que j'en connaisse toutes les notes. Puis un jour, je l'ai rangée avec le reste.

J'aimerais bien retrouver cette lettre. Même si je dois ouvrir toutes les boîtes, même si je dois ressortir tous les livres, je voudrais mettre la main dessus avant qu'il ne découvre le reste, avant qu'on en vienne à parler de Charlie. Je l'aime Hugo. J'ai souvent envie de le prendre dans mes bras, de le bercer. Mais je me retiens. J'ai peur qu'il parte en courant.

11

La parade

Marthe eut une nuit agitée. Elle était partagée entre l'idée de remettre cela, de parler avec Hugo jusqu'à ce qu'il sache tout, et l'envie de laisser tomber. Le goût d'être bien avec lui et de ne plus rien déterrer.

C'est le téléphone qui la sortit du lit. Plus précisément madame Blanche, l'institutrice, qui était aussi au comité pour la fermeture du parc... Celle-là même que Hugo avait croisée devant le motel. La manifestation que son comité organisait aurait un grand succès, mais le volet spectacle n'était pas encore au point. Les bonnes idées de Marthe étaient connues dans le quartier et, comme on ne la voyait plus à la bibliothèque, peut-être aurait-elle du temps pour y réfléchir.

— Donnez-moi la journée, avait-elle dit. Je vous rappellerai un peu plus tard s'il me vient une idée.

Hugo dormait profondément sur le divan. Enfoui dans les coussins, il ne broncha même pas lorsqu'elle se pencha au-dessus de lui. Emmaillotée dans sa robe de chambre, elle sortit ensuite chercher le journal dans le jardin. Plus elle y pensait, plus elle trouvait l'idée amusante. Comme pour leur voyage au lac, elle préparerait un pique-nique et ils passeraient la journée avec les gens du quartier. Ce serait un autre voyage. Moins ambitieux peut-être, mais tout aussi dépaysant.

Hugo se leva beaucoup plus tard, fit une longue halte à la salle de bains et, finalement, ne reprit du service que vers midi. La journée était déjà avancée, Marthe avait promis de rappeler madame Blanche et cette histoire de manifestation lui brûlait la langue. Il cherchait le café à tâtons, elle lui en versa une tasse et il s'inclina légèrement. Hugo avait mal dormi, de toute évidence. Mais il faisait des efforts pour le cacher.

— J'ai reçu un coup de fil ce matin. On cherche des artistes pour la manifestation.

— …

— Ça devrait être amusant. Tout le quartier sera là.

— Mais il ne me reste plus rien, moi. Plus de costume, plus de maquillage. J'ai tout perdu.

— Tu pourrais jouer du Parloir !

— Non, non ! De toute façon, tu joues beaucoup mieux que moi.

— Mais c'est toi l'artiste !

Il mit le nez dans sa tasse et se garda bien de répondre. Qu'à cela ne tienne, tout le reste de l'après-midi, elle le taquina et lui tira la jambe. C'était affectueux. Elle ne voulait pas l'obliger, mais l'occasion était trop belle.

Pas un mot pourtant sur ce qui s'était dit la veille dans le parc. Pas la moindre allusion, comme si cela n'était pas arrivé. Il faisait toujours chaud dehors, l'humidité était insupportable et, pour se rafraîchir, Marthe proposa de descendre au sous-sol. L'idée n'était pas complètement désintéressée. Dès qu'ils y mirent le pied, elle se dirigea vers un grand placard, l'ouvrit et se mit à fouiller parmi les vêtements de Victor Daguerre. Le costume noir du libraire ferait un très beau smoking. Il suffirait d'y ajouter un peu de couleur, des paillettes peut-être. Avec le maquillage, le tour serait joué.

Hugo offrait de moins en moins de résistance. Un petit numéro de rien du tout dans le parc du quartier. Il n'y avait pas de quoi fouetter un chat. Et puis, c'était drôle de jouer avec Marthe dans ces vieux vêtements. Ils étaient comme deux enfants en train de se déguiser.

***

Le dimanche suivant, ils se retrouvèrent dans le stationnement du motel Émard, avec les autres artistes du quartier. Mais Hugo broyait du noir ! C'était l'anarchie. Il n'y avait ni scène, ni éclairage, ni sono. Le déroulement du spectacle était une énigme, mais les organisateurs, madame Blanche en tête, étaient loin de s'en faire. Ils distribuaient des tracts et vendaient des épinglettes à l'entrée du parc. Une foule de plus en plus importante se bousculait entre les arbres chétifs. Des autobus faisaient la queue sur le boulevard Delorme, les rues voisines dégorgeaient des familles entières dont les membres marchaient en se tenant la main.

Jamais Marthe n'avait vu Hugo aussi nerveux. Il tournait en rond et se demandait comment il avait pu accepter une chose pareille. À midi, le parc était noir de monde ! Le boulevard était bloqué sur toute sa longueur et les curieux grimpaient sur les talus.

— Il faut faire quelque chose, ça va être terrible ! prévenait Hugo.

Mais lui seul s'inquiétait. Même Marthe trouvait cela normal. Chaque fois qu'il y avait eu une fête ou une manifestation dans ce parc, cela s'était déroulé ainsi.

— Tu fais de ton mieux, disait-elle. Les gens sont contents d'être là. L'hiver a été long. Il fait beau maintenant.

— Mais je croyais que c'était une manifestation ?

— Oui, c'est une manifestation. Mais c'est une fête aussi.

— Marthe. Te rends-tu compte ? Ils n'entendront rien, ils ne verront rien. Il y a au moins deux mille personnes.

Dans le stationnement du motel, chacun se concentrait sur son numéro, mais l'ordre d'entrée en scène n'était toujours pas établi. Chez Barnum, c'était capital. La « parade », c'est ce qui donnait le ton au spectacle. Les artistes défilaient les uns derrière les autres en ordre d'apparition et c'est après ce rituel seulement que tout pouvait commencer.

Hugo sortit le Parloir de son étui en marmonnant des choses que lui seul comprenait. Puis il compta les artistes dans le stationnement. Pour éviter le désastre, il fallait agir. Comme si le rôle lui revenait, il échafauda un plan, une mise en scène. Il se mit à gesticuler devant tout le monde, pointant les uns et déplaçant les autres. La prestation était convaincante. Les artistes se mettaient en rang, comme il le leur demandait, et personne ne contestait l'autorité du clown. Dans la foulée, il se tourna vers Marthe et lui demanda :

— Tu ne pourrais pas me recopier les paroles d'un poème ? Tu sais, le livre avec les pages de soie.

— Baudelaire ?

— Est-ce que tu en connais un par cœur ?

Elle fit signe que oui et, sans chercher à comprendre, extirpa un bout de papier et un stylo de son sac. Hugo s'éloignait déjà. Il tenait le Parloir à bout de bras et faisait la circulation dans le stationnement. Tous semblaient le comprendre et, petit à petit, la parade prenait forme.

Marthe le suivait du regard en gribouillant quelques strophes sur le dos d'une enveloppe. Plus il s'agitait, plus il avait de l'assurance. Le temps pressait, le soleil était au zénith et les manifestants ne tiendraient plus longtemps. Il fallait faire vite.

Elle avait choisi *Élévation*. C'était, à son avis, le texte qui convenait le mieux. Elle l'avait joué à quelques reprises dans ses appartements et le résultat l'avait chaque fois étonnée. Quand Hugo repassa par là, elle eut droit à un autre bout d'explication. C'est lui qui ouvrirait la marche. Elle tiendrait le poème devant ses yeux et il gueulerait les mots dans le Parloir en espérant que tous entendent. Pour les nuances dans le texte, il faudrait repasser !

Quand le départ de la parade devint imminent, Hugo fit quelques gammes pour se réchauffer. Les musiciens, les magiciens, les cracheurs de feu et les imitateurs étaient derrière lui et, quand il leva le bras pour donner le signal, c'est comme un seul homme qu'ils s'ébranlèrent tous.

Le Parloir n'avait ni la force ni l'intensité des trompettes, des trombones et des tambours. C'est par le mystère qu'il touchait les cœurs ; un bruit, une rumeur, un vent qui siffle et qui va toujours en augmentant.

La foule s'écarta pour les laisser passer. La « parade » tira alors un grand trait dans cette masse opaque et le brouhaha qui régnait quelques minutes plus tôt s'éteignit complètement. Ceux qui étaient plus loin, le long des talus et sur le boulevard, tendaient l'oreille et grimpaient les uns sur les autres pour mieux entendre. Le jeu de Hugo était étrange, d'ailleurs. Il déclamait comme on crie un mot d'ordre dans une manifestation. Le Parloir était devenu un porte-voix et les paroles étaient tout à fait appropriées.

Va te purifier dans l'air supérieur,
Et bois, comme une pure et divine liqueur,
Le feu clair qui remplit les espaces limpides.

Tout en jouant, il regardait Marthe du coin de l'œil. Il lisait avec une telle force que la sueur perlait sur son front et lui noyait les yeux comme s'il pleurait. Avec l'écho, on croyait entendre quatre ou cinq instruments : des flûtes, des clarinettes, des violons. Le long du parcours, les gens prenaient des photos... et tous étaient fascinés par cette musique. En fait, Hugo jouait son âme. Et son âme devait ressembler à celle de bien d'autres, puisqu'on l'écoutait dans le plus grand silence.

Arrivé au milieu du champ, il bifurqua sur la droite et amorça un grand virage. Les artistes formèrent un arc de cercle et la scène apparut, sculptée dans la foule. C'est là que devait s'arrêter la contribution de Hugo. Selon le plan établi, un joueur de violon et son accompagnateur devaient prendre la relève, suivis d'un jongleur et d'un imitateur d'Elvis. Il effleura le bras de Marthe pour la prévenir que c'était fini, qu'il allait s'arrêter. Elle hocha la tête en repliant l'enveloppe. Un homme d'une quarantaine d'années se pencha vers elle :

— Faites-vous partie des témoins de Jéhovah ?

Marthe se retourna vers l'insolent ! Il avait une moustache noire et les cheveux coiffés vers l'arrière. Elle le crucifia du regard alors que les derniers échos du Parloir s'éloignaient. Hugo n'avait pas entendu la remarque, mais il avait cru reconnaître l'accent. Quand il tourna la tête, il se retrouva face à face avec Bobby, le lanceur de couteaux. Ses genoux flanchèrent, la tête lui tourna et, pendant qu'il tombait, il eut une pensée pour le Parloir. Il ne fallait pas le briser, il fallait absolument l'épargner. Sa demi-sœur — qui ne l'était peut-être pas — savait en tirer des musiques si belles, une musique si particulière.

Tant chez les spectateurs que chez les artistes, on trouva cette sortie de scène plutôt étrange. On aurait dit qu'il perdait conscience, qu'il tombait dans les pommes. Comme convenu, le violoniste se mit à jouer. Les yeux se tournèrent aussitôt vers lui et plus personne ne s'intéressa au clown qui avait ouvert la parade.

Confus, Hugo retrouva ses esprits. L'homme qui lui avait fait si peur était penché au-dessus de lui et n'avait rien de menaçant. En fait, à part la moustache et les cheveux, il ne ressemblait pas du tout à Bobby.

Marthe fit montre de beaucoup de tact dans cette situation qui, autrement, aurait pu être gênante. Elle prit dignement le Parloir, intact malgré la chute, donna un mouchoir à Hugo pour qu'il s'essuie le visage, lui prit le bras et l'entraîna vers le stationnement du motel Émard. On leur servit un verre de cognac et les organisateurs défilèrent les uns après les autres pour les remercier. Pas un mot, pas un commentaire sur la sortie de scène. On lui resservit plutôt un verre avant qu'il n'ait terminé le premier.

Le spectacle roulait à fond de train. Les gens continuaient d'arriver et les membres du comité se félicitaient de leur réussite. On en parlerait sûrement dans les journaux le lendemain. Marthe s'était éloignée pour entendre la musique. Quelqu'un avait resservi un troisième verre à Hugo et, par politesse, il avait accepté. Mais il buvait lentement.

12

Le long week-end

Lorsqu'il se réveilla le lendemain, affalé dans les coussins, Hugo fit la grimace. Il avait mal au poignet de la main gauche. Il s'était fait mal en tombant. Le cognac aidant, la douleur s'était engourdie, mais ce matin, la main tout entière lui faisait mal. Et la tête aussi.

Il repensa à Bobby. Au faux Bobby qui lui avait fait si peur. S'il avait eu cette réaction, c'est que le vrai Bobby était encore là, quelque part. Il n'avait pas complètement disparu. La paupière lourde, le souffle court, il regardait autour de lui en se posant des tas de questions. Comment, par exemple, était-il revenu à la maison ? Il ne se souvenait de rien, sauf peut-être que les réserves de cognac s'étaient taries à un moment donné.

Il voulut se lever, faire un crochet du côté de la cuisine, voir s'il n'y avait pas de café, mais changea d'idée lorsqu'il perdit l'équilibre au-dessus de la table basse. Sa démarche était pour le moins précaire et, sans insister, il se rabattit sur le divan où il somnola encore un peu.

Marthe devait être éveillée depuis un moment déjà. Elle jouait du Parloir là-haut. Entre deux eaux, la chandelle à moitié éteinte, il se demanda quand même ce qu'elle pouvait bien raconter là-haut, dans l'instrument. Les grands ouvrages probablement. Les plus beaux textes qu'elle avait croisés dans ses lectures probablement. Elle savait tellement de choses, Marthe.

Il avait la tête lourde et le moindre mouvement lui demandait un effort considérable. À nouveau, il se leva. Sa démarche était un peu plus assurée. Il se rendit jusqu'à l'entrée cette fois, avant d'avoir un nouvel étourdissement. En s'accrochant à la porte, il sortit dans le jardin prendre l'air.

La musique s'était arrêtée. Il repensa à la veille. À cette façon dont il avait hurlé le poème dans le Parloir. Le jour et la nuit entre sa prestation et ce qu'il venait d'entendre. Deux mondes.

Il prit le journal coincé entre deux barreaux du portail. Normalement, il n'y aurait prêté aucune attention mais, cette fois, il ne put s'empêcher de feuilleter. En deuxième page, il y avait une photo ! Lui et Marthe y étaient bien en évidence, suivis de tous les artistes qui avaient participé à la fête. Dans l'article, on parlait surtout des dangers écologiques du parc, mais sous le cliché, il y avait un bon mot pour cet ancien clown de chez Barnum and Bailey, ce visiteur inattendu qui avait donné le ton au rassemblement !

Hugo revint doucement vers la maison en se demandant qui avait bien pu leur dire cela. Qui était au courant de son passé ? À moins qu'il ne s'en soit vanté lui-même, après quelques verres de trop. L'affaire ne lui déplaisait pas pour autant. La photo était avantageuse et le commentaire plutôt flatteur. Il avait même ressenti ce petit frisson. Celui qu'il avait jadis quand il lisait les critiques des grands journaux. Quelquefois, on parlait du lanceur de couteaux, du clown et de la jolie jeune femme qui les accompagnait.

Il entra dans la maison ragaillardi, mais la chaleur et l'humidité lui scièrent les jambes. Sans insister, il bifurqua vers le divan pour y étendre ses os. Marthe ne devait pas être loin. Quand la musique s'arrêtait là-haut, elle n'y restait jamais très longtemps. Mais il n'avait pas la force de relever la tête et de regarder.

— Qu'est-ce qu'ils racontent dans les journaux ?

La voix venait de l'escalier. Le débit était lent, encore endormi.

— Ce matin, à la radio, j'ai entendu un reportage. Dans trois jours, je te parie qu'il y aura une grue dans le parc. Ils vont creuser, ils vont enlever tout ce qu'ils ont mis dans ce trou il y a vingt ans...

Il risqua un œil et la trouva assise sur la troisième marche de l'escalier. Il y avait quelque chose de différent dans son regard, dans sa manière d'être aussi. Elle avait envie de rire :

— Tu vas bien. Tu as bien dormi ?

— ...

— C'est terrible, le cognac.

Hugo chercha à minimiser l'affaire. C'était peut-être la chaleur ou l'humidité. Il faisait semblant de dormir et parlait le moins possible pour ne pas se trahir.

Marthe descendit les trois marches et s'approcha du divan. Comme il faisait le mort, elle regarda la photo du journal. Elle allait s'asseoir pour lire l'article quand quelqu'un cogna à la porte. Hugo eut un léger tressaillement. Il ne voulait voir personne. Son divan était sens dessus dessous et il avait mauvaise mine.

— Ce n'est rien... quelqu'un qui vient chercher un livre.

Il fronça les sourcils, elle s'éloigna, un peu plus éveillée.

— Je prête des tas de livres aux gens du quartier. J'ai des choses ici qu'ils n'ont même plus à la bibliothèque.

Hugo tira la couverture sur ses épaules, puis sur sa tête. Jamais encore Marthe ne lui avait parlé de cela. Mais c'était tout à fait possible. Dans le parc, hier, il avait bien vu que tout le monde la connaissait. Il se roula tout en boule et retint son souffle pendant qu'elle ouvrait la porte.

C'était un homme. La voix d'un homme. Une conversation singulière, d'ailleurs. Marthe était tout en excuses, cherchait à contenir le débordement.

— C'est vrai. C'est mon erreur. J'ai complètement oublié...

— Pourtant je te l'avais dit. Je t'ai même donné un coup de fil à la bibliothèque pour te le rappeler.

— Écoute, disait Marthe. J'ai pris quelques jours de congé. Mon agenda est resté là-bas. Ça m'a complètement échappé.

— Je veux bien... mais je travaille, moi, aujourd'hui. Je n'en ai pas, moi, de long week-end.

— D'accord, d'accord. Mais ça va être un peu compliqué. J'ai quelqu'un ici.

— Écoute, Marthe, je ne veux pas connaître ta vie privée. Il faut que j'aille travailler. Je te laisse.

— Je comprends. Écoute, je vais m'arranger.

— Je repasserai vers cinq heures.

Ridicule sur son divan, Hugo cherchait un moyen de s'extraire de là. En s'enroulant dans la couverture, peut-être. En se momifiant pour faire un bond jusqu'à la salle de bains. Il se sentait comme un amant surpris par le mari de sa maîtresse. Un fond de colère lui retournait l'estomac et il sortit la tête pour voir de quoi tout cela retournait. Un enfant de huit ou neuf ans, un garçon, était là, debout devant la table basse. Désemparé, il regardait autour de lui comme s'il n'arrivait pas à y croire.

— Ils sont où, mes livres ?

Hugo en resta saisi. Le petit ressemblait à Marthe, au souvenir qu'il avait d'elle à cet âge. La même détermination, la même insistance. Il fit le tour du divan et s'approcha du grand escalier :

— Je veux qu'on me redonne mes livres. J'avais construit une ville, ici. C'est pas correct, ça !

Marthe parlait toujours à cet homme, mais il voulait partir maintenant. Hugo sortit une main de sous les couvertures et attrapa ses vêtements. Il allait enfiler son pantalon quand il s'arrêta brusquement. Et si cet enfant était celui de Victor Daguerre. Affolé, il compta sur ses doigts. Le petit avait peut-être dix ans. L'histoire de Marthe et du libraire remontait au début des années quatre-vingt. C'était impossible. Il continua de se rhabiller, soulagé.

L'enfant était de plus en plus bruyant ! Il donnait de grands coups de pied à tout ce qu'il rencontrait sur son chemin. Après un tour de piste, alors que Marthe se faisait toujours attendre, il rappliqua dans le salon et prit Hugo à partie.

— C'est toi qui as pris mes livres ?

— Non, non... je crois qu'ils sont rangés là-haut. Mais toi, comment t'appelles-tu ?

— Charlie... et toi, comment tu t'appelles ?

Marthe s'interposa. La porte s'était refermée, l'homme était parti et elle faisait des efforts pour rester calme :

— Charles, je te présente un ami. Il s'appelle Hugo.

C'était un peu court comme explication. Leur histoire allait bien au-delà de l'amitié. Mais Charlie s'en balançait complètement. La disparition des livres le mettait en rogne, lui. Les livres qu'il avait utilisés pour bâtir ses villes. Elles avaient toutes disparu. Philadelphie qu'il avait érigée dans la salle à manger, Chicago à l'entrée du salon et New York dans l'entrée.

— Pourquoi vous les avez démolies ?

— Attends un peu, je vais t'expliquer, répétait Marthe.

L'enfant était déjà dans l'escalier. Il grimpait les marches quatre à quatre en criant à tue-tête :

— Ça m'a pris du temps, moi, à faire Chicago !

— Veux-tu attendre un peu, Charlie. Je vais te dire ce qui s'est passé.

Elle partit à ses trousses et ils disparurent en haut de l'escalier dans un vacarme épouvantable. Hugo se frottait les yeux en se demandant s'il n'avait pas rêvé, si ce n'était pas des séquelles du cognac. Il avait bien remarqué ces constructions étranges, à sa première visite. L'idée ne lui était jamais venue d'attribuer ces « œuvres » à un enfant. Le fait du hasard, tout au plus.

Marthe et Charlie se réfugièrent dans la chambre du fond, celle qui était toujours fermée. Hugo sentait la colère monter en lui. Il rassembla ses affaires en vitesse et n'avait qu'une idée en tête. Partir au plus vite. Sortir de là. Retourner au motel. Ils avaient marché sur un fil de fer, Marthe et lui, depuis quelque temps. Ils avaient travaillé sans filet. Or elle ne lui avait pas parlé de Charlie. Non pas qu'il détestât les enfants, loin de là, mais si elle avait omis de lui dire une chose aussi importante, comment pouvait-il croire le reste ?

Devant le livre aux pages de soie, il eut un moment d'hésitation. S'il l'emportait, il faudrait revenir, le rapporter… et dans son état, il était incapable de prendre une telle décision. Laissant Baudelaire derrière lui, Hugo se dirigea vers la porte et sortit sans faire de bruit.

13

Les travaux

Le lendemain de la manifestation, le périmètre du parc a été bouclé. On a fermé toutes les issues, tiré des rubans jaunes un peu partout, et le mardi, ils ont amené une grande grue. Le bruit de cet engin a quelque chose de mélancolique. Comme un dinosaure essoufflé qui creuserait sa propre tombe. En trois jours, la grue s'est enfoncée de plusieurs mètres dans le sol. La cabine de l'opérateur a complètement disparu et on ne voit que ce grand bras qui promène sa peine dans le trou.

Je suis aux premières loges. Ma chambre, au motel Émard, donne directement sur les travaux et je peux en suivre la progression, en comprendre la logique. Ils ont pensé à tout. Une procession de camions descend chaque jour dans les entrailles du parc pour cueillir son aumône. Un bric-à-brac épouvantable se cachait là-dessous. Des rebuts, des vestiges et des reliques qui sortent pêle-mêle de ce gros intestin. Un peu comme dans un album photo.

À chaque page, c'est une époque différente, un souvenir différent.

Très distrayant comme activité. Le parc n'a jamais suscité autant d'intérêt. Les curieux défilent le long des rubans jaunes en regardant dans le trou pour voir s'ils n'y reconnaîtraient pas quelque chose. Le soir, par contre, c'est le calme plat. Personne n'ose s'approcher, craignant peut-être de tomber dans les ordures. J'aime bien aller me promener à ce moment-là. Je marche le long du précipice comme si c'était un fil de fer.

Je n'ai pas reparlé à Marthe depuis le long week-end. Elle a laissé deux messages à la réception. Je suis embêté d'ailleurs. Ma réaction a peut-être été excessive. Elle a droit aux enfants qu'elle veut et elle n'est pas obligée de me le dire. En fait, je me suis emporté. C'était le spectacle de la veille, peut-être. Ou le cognac. Mauvais cocktail.

J'aurais dû téléphoner dès le lendemain, dire que je regrettais. Enfin, que je n'avais pas voulu… mais je n'ai pas osé. Comme j'ai attendu toute la semaine, c'est encore plus délicat.

Ce qui me gêne dans cette affaire, c'est que Charlie était là depuis le début. Ses villes et la chambre fermée au bout du corridor. Il me semble qu'elle aurait pu en parler.

Je me suis imaginé des tas de scénarios depuis. Son histoire avec Victor Daguerre, si elle l'avait inventée ? Si c'était emprunté aux livres, justement ? L'épisode du chalet et l'aveu du libraire. Elle avait peut-être inventé tout cela. C'était peut-être son père, après tout.

Je ne sais plus ce qu'il faut croire. Je ne sais pas ce qu'il faut faire. Et je ne réponds toujours pas aux messages de Marthe. Je reste là, à regarder la grande grue creuser son trou et j'attends. Mais je ne suis pas le seul. La Barnum aussi semble prendre son temps. J'ai téléphoné à la banque, en Floride, hier. Ils n'ont pas vu l'ombre d'un chèque passer. Mais tout est toujours plus lent en juillet, m'a dit la préposée.

— *Don't worry ! And have a nice day !*

Je le connais par cœur, maintenant, le numéro de la banque. Mais ce n'est pas la peine de leur casser les pieds. Vaut mieux prendre son mal en patience.

14

Les loges

Hugo laissa passer le samedi et le dimanche, parce que Charlie était probablement chez elle.

Mais le lundi matin, il donna un coup de fil à la première heure. Marthe était encore en congé. Il baragouina quelque chose à propos de Charlie et elle admit qu'elle lui devait des explications. Sans plus, elle l'invita à déjeuner. Il chercha à s'esquiver, mais elle insista. Ils mangeraient ensemble à midi. Elle préparerait une salade, ils boiraient un peu de rouge et ils pourraient se parler. Faire un peu de ménage dans leur histoire. Il se fit prier, elle montra son agacement et il s'inclina :

— D'accord, je serai là vers midi. C'est vrai. Il faut se parler.

Hugo s'attendait aux grandes explications, à une tirade essoufflante qui l'amènerait de la naissance de Charlie au portrait détaillé du père, en passant par les intrigues ayant mené au « grand dérangement ». Mais il n'en fut rien. Marthe avait préparé un déjeuner agréable. Les volets étaient tirés, quelques rayons tombaient en diagonale sur la table et elle lui servit à boire. C'était du Cahors, il était bon et l'atmosphère se réchauffa très vite.

— Ça fait une semaine que je cherche cette lettre, disait Marthe.

— Quelle lettre ?

— Je t'en ai parlé. Ma mère m'a écrit une lettre avant de mourir. Tu comprendrais tout si tu la lisais. Tu verrais bien que ce n'est pas lui, mon père.

Hugo ne voulait rien savoir de Victor Daguerre, ni de cette lettre qui établirait la prétendue preuve.

— Est-ce que c'est tout ce que tu fais de tes journées, fouiller dans ces boîtes ?

Marthe le fusilla du regard. Il s'esclaffa et elle vit bien qu'il la taquinait.

— Je fais de la musique aussi, répondit-elle. Tous les jours, je répète après le déjeuner.

Ses yeux s'allumaient lorsqu'il était question du Parloir. C'était plus fort qu'elle. L'instrument et sa musique l'envoûtaient complètement. Elle savait que l'éventuel départ de Hugo signifiait la fin des répétitions. La dernière note d'un morceau qu'elle tissait depuis quelques jours déjà. C'était là d'ailleurs une des questions dont elle voulait discuter. Pourtant, ils mangeaient en silence. C'était délicieux. Hugo fit un commentaire sur la bouteille, qu'il trouvait meilleure que la précédente, mais pas un mot sur ce qui les avait amenés là. En fait, ce n'est qu'au dessert que Marthe lâcha le morceau.

— Depuis mon divorce avec Jean-Philippe, ça n'a pas été facile entre Charlie et moi.

— Attends, attends, je ne comprends pas. Quel divorce ? C'est qui, Jean-Philippe ?

— J'ai été mariée. Pas très longtemps. Tu sais, tout le monde a une histoire de divorce.

Il n'était pas d'accord. Il fit signe que non parce que ça ne lui était jamais arrivé. Mais elle n'avait pas envie de discuter. C'était comme ça. Il faisait chaud, le temps était lourd, elle avait été mariée jadis et il y avait de l'orage dans l'air. Le récit fut des plus brefs.

— Charlie restait ici avec moi depuis le divorce. Et puis un jour, tout à coup, il m'a demandé s'il pouvait aller vivre avec son père. On se querellait, comme ça, quelquefois... mais pas au point qu'il s'en aille.

— Ah! c'est lui qui a décidé de partir?

Marthe eut un petit mouvement de repli. Il y avait de la gêne dans ce geste. De la honte, même.

— Bon, j'avoue qu'à la fin, j'ai essayé de le retenir. Ça s'est envenimé. Pendant un moment, j'ai cru que son père intriguait. Qu'il était derrière tout...

Il y eut un long silence, un silence interminable. Le bruit des ustensiles sur la porcelaine ne faisait qu'amplifier le malaise. Marthe grignota longuement un bout de pain avant de dire :

— ... bon, c'est vrai que Jean-Philippe s'est remarié. Dominique, sa femme, avait déjà un enfant. Ils ont eu une petite fille ensemble. C'est une « sorte » de famille. C'est ça qui a attiré Charlie, je crois.

Le débit était de plus en plus lent. Marthe s'égarait doucement dans ses pensées. Elle n'avait qu'un fils, il l'avait désertée. Ce départ avait laissé un grand trou.

— On se voit les samedis et les dimanches. Trois fins de semaine sur quatre. C'est un arrangement comme ça. C'est lui qui l'a demandé.

Il nota un léger tremblement; dans ses doigts, surtout. Les ustensiles lui tombaient des mains et son regard était fuyant. Elle se leva, à moitié engourdie, et demanda s'il voulait un café.

Marthe portait une robe moulante et son maquillage était plus prononcé qu'à l'habitude. Elle s'était préparée pour le recevoir. C'était dommage de sombrer ainsi dans la morosité. Il versa du vin, en but une gorgée et la relança :

— J'aimerais bien ça le revoir. On ne s'est pas parlé beaucoup l'autre jour, mais...

— Il ne parle jamais. Ils grognent à cet âge-là. Ses petits copains sont pareils.

— C'est drôle, j'ai pensé à lui cette semaine. Ses histoires de villes, ses piles de livres. C'est amusant quand même.

Elle revint dans la salle à manger, un plateau dans les mains. Pot de café, deux tasses et un peu plus enjouée :

— Il faut que je te montre quelque chose.

Elle sortit de grandes photos d'un vaisselier voisin et les étala devant Hugo. C'étaient des images prises à vol d'oiseau. De grandes villes américaines. Surtout des quartiers où les immeubles étaient nombreux et coincés les uns contre les autres.

— Ce n'est pas la première fois que je fais du rangement. L'hiver dernier, il m'a construit Los Angeles, juste là devant l'entrée. Infernal ! On ne pouvait plus passer !

Elle feignait d'être fâchée contre lui mais, au fond, ça l'amusait. Elle aimait cet enfant plus que tout et le drame de sa vie, c'était son absence.

Depuis une semaine, dans sa chambre de motel, Hugo se répétait que Marthe lui avait menti, qu'il ne devait plus la croire. Mais quand elle parlait de Charlie, il ne doutait plus de rien. On peut se méprendre sur une sœur, une demi-sœur et une fausse demi-sœur, mais une mère, ça ne s'invente pas, ça ne se triche pas.

Ils s'attardèrent un moment sur les photos des villes que Hugo avait toutes visitées d'ailleurs. Elle parla aussi de Jean-Philippe, de son travail dans une agence de publicité et de son mariage avec Dominique. La chaleur était de plus en plus mordante... Marthe n'allait plus jusqu'au bout de ses phrases, l'échange était émaillé de silences et de soupirs. Puis elle se rendit compte qu'il était deux heures. Il fallait absolument répéter ; pas question de remettre à plus tard.

— Reste un moment. Tu retourneras à ton motel plus tard, quand il fera moins chaud.

— Tu vas répéter dans une chaleur pareille ?

— Absolument !

Il s'inclina devant tant de détermination et lorgna aussitôt du côté du divan. Il pourrait s'y étendre et, avec un peu de chance, la musique de Marthe viendrait jusqu'à lui.

Sur la table basse, il vit tout de suite le livre de Baudelaire. Marthe s'était arrêtée à la salle de bains et il étira la main pour le prendre. Ses paupières étaient lourdes et il se mit à flatter les pages de soie en posant la tête sur les coussins. Il aimait ce salon. Il aimait son odeur. L'endroit idéal pour faire la sieste.

Quand elle sortit des toilettes en se séchant les mains sur sa robe, Marthe ne vit que ses pieds, appuyés sur l'accoudoir du gros meuble. Il ne bronchait pas, il était immobile et elle grimpa les marches sans faire de bruit.

***

Elle jouait depuis une heure au moins. Peut-être même plus. Il avait eu le temps de dormir, de se réveiller et de s'endormir à nouveau. Ce filet de musique qui s'échappait de sous sa porte était une incantation. Il tenait toujours le livre. Ses doigts glissaient entre les pages et, soudain, il eut envie de monter, d'aller écouter de plus près.

Il s'avança d'abord jusqu'au pied de l'escalier. Elle jouait toujours. La mélodie était incertaine. Mystérieuse même. Un cri… une invitation. Il gravit quelques marches, mais s'arrêta aussitôt. Ce n'était peut-être pas le moment. Elle voulait être seule, se concentrer sur sa musique. Il hésita un quart de seconde, puis grimpa les marches qui restaient, sans réfléchir. Elle arrêta aussitôt de jouer :

— Non, non, continue, lança-t-il en entrant.

Elle était assise sur le lit, entourée de textes, de poèmes et de bouts de phrases. Le Parloir dans les mains, on aurait dit qu'elle berçait son enfant.

— S'il te plaît, joue un peu. J'aimerais entendre.

Il piétinait devant la porte, elle était intimidée et rassembla ses affaires sans le regarder.

— J'avais terminé de toute façon. Ça fait déjà un moment que je suis là.

— Allez. Un morceau.

Marthe eut un geste d'agacement, descendit du lit et s'approcha de la commode. Elle y déposa le Parloir dans son étui et regarda par la fenêtre. Elle n'était pas bien, ses gestes étaient brusques et elle cherchait ses mots :

— Tu ne me crois plus, n'est-ce pas ? Tu crois que ce sont des histoires, que je t'ai raconté tout ça...

— Tu sais...

— Tu ne l'avoueras pas, je le sais bien. Ça se sent, ces choses-là.

Il grinçait des dents. C'est la musique qui l'avait attiré là-haut. Et voilà qu'elle en remettait. Une pluie fine tombait dehors. Le vent gagnait en intensité et le rideau se mit à danser devant ses yeux. La ville poussait un soupir après la grande chaleur et, dans la rue, les volets s'ouvraient les uns après les autres. Elle se pencha au-dessus de la fenêtre et tourna le visage vers le ciel. Plus la pluie tombait, plus la ville s'agitait.

Comme elle, il s'approcha de la brise. Cet orage était arrivé juste à temps. Il était prêt à croire n'importe quoi, pourvu qu'ils cessent d'en parler. En bas, dans la ruelle, deux femmes s'embrassaient sous la pluie... et, plus loin, deux hommes se tenaient par la main. Toutes les amours secrètes, toutes les passions tourmentées, toutes les affections cachées se montraient au milieu de l'orage. Ces gens, qui normalement se tenaient dans l'ombre pendant le jour, couraient maintenant dans les rues alors que le ciel se déchaînait.

Marthe se renvoya la tête en arrière. Cette parade, ce défilé, la réjouissait. Elle n'était donc pas la seule à boiter. Joueuse, elle mit un bras autour du cou de Hugo.

— Regarde-les ! Je suis sûre qu'il leur a fallu du temps pour en arriver là. C'est long, s'habituer à ce qu'on est.

L'orage était de plus en plus violent. C'était le déluge sur la place devant la maison ! Les grands arbres se réveillaient en sursaut, les gens sortaient de partout, la moitié de la ville était dehors et ils étaient tous aussi étranges les uns que les autres. Un éclair déchira le ciel et la foudre tomba dans une rue voisine. Plus loin, d'autres grands blessés, d'autres écorchés vifs hurlaient à leur fenêtre. Les cœurs se déversaient dans la rue, l'eau débordait des caniveaux, ravivant des odeurs oubliées, et tout était emporté par les grandes eaux.

Un brouhaha épouvantable régnait sur la ville, et lorsque le tonnerre éclata une deuxième fois, Marthe poussa un cri ! Le bruit se fracassa sur le mur d'en face et lui revint comme un coup de poing ! Penchée au-dessus du vide, le visage ruisselant, elle recommença de plus belle. Ses hurlements se mêlaient aux bruits de l'orage et se répandaient dans tout le quartier. Elle y prenait plaisir, allant même jusqu'à faire des variations avec sa voix.

Hugo se pencha au-dessus du vide lui aussi et, pendant une heure, ils se défoncèrent. La pluie entrait de partout, le grand lit de Marthe était inondé et c'est à bout de souffle qu'ils s'étendirent sur le plancher. Les derniers grondements de l'orage se perdaient au loin. Plus loin, vers la porte, c'était sec. Ils y rampèrent et elle vint se blottir tout contre lui.

À mesure que Hugo reprenait son souffle, il se raidissait. Un rayon de soleil venait de pointer. Son reflet dansait sur le plancher mouillé et il avait du mal à s'abandonner. Crier au fantôme dans la ruelle sous l'orage, passe encore. Mais Marthe s'accrochait à ses flancs. Elle avait les yeux fermés et elle souriait. Dans un soupir fiévreux, elle l'embrassa dans le cou.

Hugo regardait le plafond. Son pantalon était trempé, c'était inconfortable, il regardait le plafond, mais il n'osait plus bouger.

15

La mère de Hugo

Quand je me suis réveillée, il était parti. C'était entre chien et loup. Tout était sec dehors, à tel point que je me suis demandé s'il y avait vraiment eu un orage, si Hugo et moi avions crié comme des fous dans la ruelle.

Le Parloir était encore là, dans son étui, sur la commode. Nous devions en discuter. On y reviendra sûrement. La lumière joue entre le pourpre et l'or dans la maison. Le soleil va se coucher sur la petite place et je déambule, nue. Je ne sais pas pourquoi, mais je pense à la mère de Hugo depuis tout à l'heure. Il n'en parle jamais. Pas un mot depuis qu'il est là. Et pourtant, elle était très bien sa mère. Elle s'est occupée de lui tant qu'elle a pu. Elle a tout fait, mais on rêve toujours de ce qu'on n'a pas. Hugo voulait vivre avec son père. Charlie aussi.

Il y a quelques mois, j'aurais été incapable de me promener nue dans la maison. Je me le serais interdit. Avec Jean-Philippe, c'était la même chose. Je suis toute nue et je pense à la mère de Hugo. Elle n'a pas eu de chance. Elle s'est tuée à élever son fils. Lui, il ne voyait pas cela. Elle est morte quand il a eu vingt ans. Le quartier aussi est mort. Il ne reste plus rien.

C'est pour me défendre que je pense à elle. Parce que c'est mon histoire aussi. Je n'ai pas tout dit du premier coup. Mais Hugo aussi il doit en cacher des choses. Je suis sûre que si on appuyait là, au bon endroit, il aurait mal à sa mère lui aussi. Il se souviendrait pourquoi on ne dit pas toujours tout.

Charlie, je l'aime. Mais ça ne va pas toujours comme on veut. Il ne sait pas lire. Il devrait savoir. À l'école, on se tue à lui montrer. Quand il voit un livre, c'est à une ville qu'il pense. Au début, c'est gentil, mais à la longue, on se lasse.

Je ne sais pas d'où ça lui vient, mais il a un côté délinquant, Charlie. Je me demande comment elle aurait fait, la mère de Hugo. Moi, il m'est arrivé de perdre la tête. Je lui ai mis mon pied au derrière un jour. Quand j'y repense, j'en ai mal au ventre.

La nuit tombe. Le temps va se rafraîchir. J'ai ressorti un carton qui m'avait échappé jusque-là. Une boîte remplie de souvenirs de famille. Elle est peut-être là, cette lettre. Je n'ai pas complètement perdu espoir, je finis toujours par me retrouver dans mon désordre.

En passant au salon, j'ai vu qu'il y avait un sac de papier sur la table basse... et le livre de Baudelaire aussi. C'est curieux, je croyais que Hugo l'avait emporté.

16

La liste

Il ne redonna des nouvelles que le mercredi suivant. Aussitôt, Marthe l'invita et ils déjeunèrent ensemble ; de la salade, bien sûr, et des fruits comme la fois précédente, mais au lieu du Cahors, c'était du thé.

Elle était en forme, Marthe. Ils causèrent du parc, des rebords de la falaise qui s'étaient stratifiés ; des couches de deux mètres superposées les unes sur les autres. Là où la grande grue avait tiré un trait bien clair, on pouvait voir les années en dégradé. Les rebuts de 1966, ceux de 1965, de 1964, l'année de sa naissance.

Mais ils parlaient du grand trou pour ne pas parler d'autre chose. L'éloge du dépotoir finissait toujours par ennuyer Marthe, et Charlie se mettait à rôder dans sa tête. Des rides lui couraient aussitôt sur le front. Elle imaginait le pire. Pour qu'un enfant s'en aille comme ça, il fallait vraiment être nulle comme mère. Elle ne s'en ouvrait pas, elle le gardait en dedans, mais c'était lourd à porter.

Il faisait chaud. Hugo ne terminait pas ses phrases et Marthe dodelinait de la tête. Il serait bientôt une heure, elle monterait là-haut pour répéter et lui s'étendrait sur le divan. Il ferait la sieste et après, il retournerait au motel Émard.

— Dis-moi, est-ce qu'il vient ce samedi, Charlie ?

Elle ne répondit pas tout de suite. Par prudence peut-être, ou parce qu'il lui fallait un peu de temps pour revenir. C'est bien du petit dont il était question. Le visage à moitié caché par sa tasse de thé, elle fit signe que oui.

— Alors est-ce que tu m'invites ? J'aimerais ça le revoir.

— C'est tout ce que je fais, t'inviter. Je te l'ai dit, ma porte est ouverte.

— …

— D'ailleurs Hugo, je trouve ça ridicule que tu habites ce motel. Il y a tellement de place ici.

— Je suis très bien là-bas. Ça me convient pour le moment.

Elle se contenta de sourire. Ce rendez-vous pour le samedi suivant lui plaisait bien. Elle s'essuya la bouche, secoua la tête pour chasser la grisaille et se leva énergiquement.

— Je ramasserai ça plus tard.

Elle était comme ça Marthe. Réglée comme du papier à musique. Hugo prit son assiette, elle protesta, il fit la sourde oreille et elle disparut là-haut. Entre les boîtes de livres et le Parloir, elle hésita. Cette lettre qui continuait de lui échapper simplifierait tellement les choses. Mais elle opta pour ses appartements et referma la porte derrière elle.

En bas, Hugo se resservit du thé et croqua quelques biscuits. Il avait l'habitude avec la vaisselle. Sally n'y touchait jamais. Après avoir rangé, il s'amena au salon pour se rendre compte que les livres y étaient de plus en plus nombreux. Charlie avait entrepris une ville de l'autre côté du divan, sans parler de Marthe qui en ramenait des brassées tous les jours. Il n'était pas fâché de les voir revenir. Le divan serait un peu moins seul, le grand salon un peu moins nu.

Il faisait toujours aussi chaud, la musique de Marthe était de plus en plus discrète et Hugo prit le livre de Baudelaire comme si c'était une vieille habitude. Il glissa les doigts entre les pages de soie et se mit à les caresser.

Marthe ne jouait déjà plus. La porte de l'appartement venait de s'ouvrir et quelqu'un marchait dans le corridor. Comme s'il ne pouvait dormir sans cette musique, Hugo se redressa sur le divan et ouvrit le livre. Les pages glissaient sous ses doigts et il tomba sur le texte qu'il avait déclamé dans le parc :

Au-dessus des étangs, au-dessus des vallées,
Des montagnes, des bois, des nuages, des mers

C'était très différent de ce qu'il avait hurlé. Beaucoup plus rond. Beaucoup plus chaud aussi. Il tourna la page et lut un autre poème.

Il y avait beaucoup de bruit à l'étage. Marthe vidait encore des boîtes en feuilletant chaque bouquin. Elle faisait de petites piles qui finissaient par encombrer le corridor et, bientôt, elle en redescendit une brassée. Il l'entendit passer, mais ne put s'arracher aux pages de Baudelaire.

Pendant une heure, il lut ainsi, sans effort, comme s'il flânait dans un parc. Il s'arrêtait ici, parce que la vue était imprenable, et là, parce qu'il y avait des oiseaux rares. Il était pris par ces textes qu'il ne comprenait pas toujours, mais qui lui faisaient voir des images. Il était envahi par ces mots, collés les uns au bout des autres et qui le faisaient frissonner.

Pour Marthe, c'était le baroud d'honneur. Elle mettait tout sens dessus dessous et multipliait les voyages au salon. Cette entreprise l'exaspérait de plus en plus. Elle renversait tout, elle était insupportable.

Il s'enfonça plus profondément encore dans les pages de soie. Il y serait resté toute la journée d'ailleurs, si quelqu'un n'était venu cogner à la porte.

— Tu n'irais pas répondre ? lança Marthe, de l'étage.

Le ton était sec et sans recours. Marthe était irritée de toute évidence. À regret, il posa le livre et vint ouvrir.

— Pardon. Je ne voulais pas vous déranger. Je viens ici quelquefois emprunter des livres…

C'était madame Blanche, l'organisatrice de la manifestation. Elle jouait les timides aujourd'hui. Elle parlait à mi-voix en piétinant sur le seuil de la porte.

— Je… euh, j'aurais aimé emprunter *Les Fleurs du mal*. C'est de Baudelaire. Le poème que vous avez joué au parc, je voudrais le relire.

Hugo se tourna vers le divan en cherchant à cacher sa déception. La voix de Marthe retentit aussitôt à l'étage :

— Si c'est madame Blanche, dis-lui que je descends !

— J'ai trouvé ça tellement beau, disait-elle.

Hugo fit marche arrière jusqu'au divan, prit le livre aux pages de soie et fit une cabriole devant la table basse. Une petite acrobatie pour cacher ce qu'il ressentait.

— J'arrive, disait encore Marthe.

— Ça va. Ça va, j'ai trouvé…

Madame Blanche trépignait sur le seuil de la porte. Elle prit le Baudelaire dans ses mains et s'empressa de dire :

— C'est pour un jour ou deux seulement. Pour me rafraîchir la mémoire. Il y a de la musique dans ces mots. Je le savais, mais je l'avais oublié.

Au lieu de s'en aller, pourtant, madame Blanche s'attarda dans l'entrée. Elle regardait vers l'escalier en souriant béatement. Quand Marthe se pointa enfin, Hugo se retira, croyant qu'elles avaient peut-être des choses à se dire. Discret, il vint rôder dans la cuisine, mais la voix de Marthe le rattrapa :

— Hugo ! Il y a une liste sur le secrétaire dans la salle à manger. Tu serais gentil d'inscrire le titre et le nom de l'auteur sous le nom de madame Blanche ?

Il fouilla un moment avant de mettre la main sur le carnet en question. Les deux femmes chuchotaient dans l'entrée. Elles semblaient bien se connaître et, à tous moments, la petite dame lançait :

— Mais non. Ça va débloquer... croyez-moi.

Cela ne le concernait pas. Il ne voulait pas entendre et s'intéressait plutôt à ce carnet ; ce que Marthe avait appelé la liste. À son grand étonnement, une cinquantaine de titres étaient en circulation dans le quartier... et certains prêts remontaient à six mois. Il tournait les pages et lisait le nom des auteurs quand madame Blanche se retira enfin.

Il ne savait pas ce qu'elles s'étaient dit, mais Marthe avait l'air contrarié. Elle était là, debout dans l'entrée et elle regardait la porte, hésitante.

— Je sors prendre l'air !

— Ça m'étonnerait que tu en trouves !

Elle ne voulait surtout pas rire. Elle était sur les dents et tenait à ce qu'on le sache :

— Perdre des choses me rend furieuse ! C'est de la négligence. Purement et simplement de la négligence !

— Écoute, Marthe. Je m'en fous complètement, moi, de ta lettre. Je suis prêt à te croire... à croire tout ce que tu dis pourvu qu'on arrête d'en parler.

Il conjugua cette demande avec une grimace irrésistible. Marthe fut bien forcée d'accepter et ils restèrent un long moment sur le pas de la porte, à se taquiner. Il lui parla de Baudelaire, des quelques poèmes qu'il avait eu le temps de lire et elle lui demanda pourquoi il avait laissé partir le livre.

— J'ai tout mon temps. Il n'y a rien qui presse.

Marthe était touchée. Elle était émue et ce n'est que beaucoup plus tard qu'elle sortit la faire, cette promenade. Elle lui frôla la main en s'éloignant et il la suivit du regard jusqu'à ce qu'elle disparaisse à l'autre bout de la place. Elle allait du côté du parc. Comme pour tous les gens du quartier, c'était devenu un rituel : aller voir où le trou en était rendu.

* * *

Hugo arriva presque en même temps que Charlie le samedi suivant. Il aurait aimé voir Jean-Philippe, mais le père de l'enfant était déjà parti. Dans ses affaires, il avait une photo aérienne d'Oakland. C'était une ville facile à faire parce qu'elle était bien ordonnée et que la hauteur de ses édifices était limitée à cause des tremblements de terre.

Marthe avait préparé des amuse-gueule. Charlie se mit tout de suite au travail et, une heure plus tard, un quartier complet de la ville californienne était en place derrière le divan. Hugo lui donnait les livres, un par un, en parlant des villes qu'il avait visitées quand il était au cirque. New York, Philadelphie, Baton Rouge, Dallas, San Francisco. Le petit écoutait d'une oreille en continuant de travailler. On ne savait jamais ce qu'il pensait. Il était si secret, Charlie, si mystérieux qu'on se demandait quelquefois s'il était là.

Marthe n'était pas fâchée de les voir jouer ensemble. Elle s'était retranchée dans la salle à manger et les regardait de loin. Le petit était nettement moins agressif que d'habitude. C'était l'enfer quand il débarquait le samedi matin et qu'une heure plus tard, il voulait repartir.

Hugo aimait bien le regarder travailler. Il devinait ses gestes, il parlait pour lui. Les mimes ont toujours la sympathie du public. On les prend en pitié. Ils se taisent avec un tel acharnement qu'on finit par les porter, par les aimer. Voilà ce qu'il était, Charlie. Un mime. Un enfant très différent des autres, de ceux qu'il avait connus, qu'il avait croisés. Imprévisible aussi. Qui retrouvait la parole, miraculeusement :

— Toi, quand tu étais au cirque, qu'est-ce que tu faisais ?

Marthe, qui tendait l'oreille, s'en mêla aussitôt :

— Oui, oui, Hugo ! Parle-lui du cirque.

Le petit délaissa son travail et vint se braquer devant lui. Sa mère se leva discrètement et s'approcha.

— Euh... parler du cirque... c'est pas certain. J'aimerais plutôt parler de mon numéro. Celui que je veux monter.

Charlie n'eut aucune réaction. Impassible, il attendait.

— En ce moment, dans ma tête, je prépare mon *come back*. Un numéro fantastique... avec un éléphant et de la musique. Du Parloir bien sûr, mais joué de la bonne façon.

Marthe s'était arrêtée au pied de l'escalier. Jamais encore, il ne lui avait parlé de ses projets. Hugo semblait plus à l'aise avec son fils qu'avec elle.

— Ça ne se fera pas en criant lapin, bien sûr. Il faut travailler, travailler très fort. Il faut trouver un éléphant et quelqu'un pour le dresser. Il faudra répéter. Répéter très longtemps. Je veux le faire danser, cet éléphant. J'ai des idées très précises. Des mouvements. Et il faut que ce soit drôle, évidemment.

Il y eut un moment touchant lorsqu'il parla de la foule. Debout dans le salon, il saluait devant des gradins imaginaires. En tendant l'oreille, on pouvait entendre les applaudissements. Charlie s'était allumé. Il y avait de la flamme dans son regard :

— Comme ça, tu vas acheter un éléphant !

Hugo balaya la pièce du regard, comme si cette remarque ne lui était pas adressée. Puis, dans un geste comique, il se pointa du doigt :

— Moi, acheter un éléphant ? J'ai pas dit ça. J'ai dit que je voulais monter un numéro. Mais pour ça, il faut retourner en Californie.

— Ah ! répondit Charlie dans une apparente indifférence.

Fin des émissions. Il se tourna vers Oakland et admira la ville un moment. Il y avait encore à faire et, sans perdre un instant, il se remit au travail. Marthe était ravie. Hugo avait retenu l'attention de Charlie pendant une bonne demi-heure avec son histoire de numéro. Jamais elle n'était arrivée à faire cela.

17

Le mal de Charlie

Je suis assis devant le climatiseur dans la salle à manger. C'est un vieux modèle qui fait du bruit mais, au moins, je suis au frais. Quand je regarde sur la gauche, du côté du salon, je peux voir Oakland apparaître au-dessus du divan. Le vieux téléviseur perd du terrain. Le gros meuble est recouvert de livres et Charlie ne cesse de retourner là-haut en chercher d'autres ; il y en a de toutes les grosseurs, de toutes les grandeurs et de toutes les épaisseurs. Marthe ne veut pas le dire, mais je crois que ça l'énerve. La désinvolture du petit avec les bouquins, c'est trop pour elle. Non seulement il ne les lit pas, mais il en fait des tas.

Marthe joue de mieux en mieux. Elle répète en ce moment, là-haut. Et, tout à l'heure, elle doit reconduire Charlie chez son père. Ça s'est bien passé depuis hier. Je lui ai reparlé du cirque pour l'endormir. Je lui en ai parlé au petit déjeuner. Et il en redemande encore. Marthe me dit que c'est exceptionnel. Il ne s'intéresse jamais à rien d'habitude. À tel point qu'il a vu un psychologue. Sans grand résultat d'ailleurs. Il ne lit pas, il parle très peu et, chaque fois qu'il vient rue Éliane, il fait des piles de livres.

Marthe parle de lui avec de bien grands mots. Dysfonctionnel léger, a-t-elle laissé échapper. Des séquelles du divorce, apparemment. À mon avis, ce n'est rien. Il a besoin d'un peu d'attention. Rien de plus. D'accord, ce n'est pas un moulin à paroles, mais il parvient à se faire comprendre. Bien sûr, quand on le compare aux Daguerre, c'est un peu juste, mais il a une bonne tête.

Il ne m'a pas compris, Charlie, quand je lui ai expliqué que c'était plus difficile de monter un numéro de cirque ici. Là-bas, sur la Côte Ouest, on peut louer un éléphant. C'est moins compromettant. On fait quelques essais et si ça ne marche pas, on le rend et on cherche autre chose. Il veut que je fasse des appels. Il dit qu'il y en a ici aussi des éléphants. C'est plutôt comique. J'ai promis d'essayer.

Ils vont partir. Marthe est en pleine forme. Un beau week-end. Charlie n'a pas tout à fait terminé Oakland, mais je lui ai promis que je l'aiderais la prochaine fois.

— Samedi prochain ?

— On verra, lui ai-je répondu.

Marthe est venue me faire la bise. Charlie est dehors et, pendant une fraction de seconde, j'ai envie de la retenir, de l'attirer vers moi. Elle porte sa robe moulante, celle que j'aime. J'ai senti sa respiration dans mon cou. Elle me demande si je serai encore là lorsqu'elle reviendra :

— Peut-être pas... je dois retourner au motel. Demain, à la première heure, j'ai des choses à faire.

18

Un brocanteur

Le lendemain, Marthe se rendit au motel un peu avant midi. Hugo n'était toujours pas de retour et elle lui laissa une note. Par curiosité, elle avait fait quelques appels. Au début, on s'était moqué d'elle. On ne l'avait pas crue lorsqu'elle avait dit qu'elle cherchait un éléphant. Puis quelqu'un lui avait donné un numéro. Un certain McTavish qu'elle avait finalement rejoint. Il lui avait demandé, le plus sérieusement du monde :

— Est-ce que vous le voulez empaillé ou vivant ?

Depuis trente ans qu'il était dans le métier, jamais McTavish n'avait déçu un client. Il lui promettait l'animal en trois jours et, lorsque Hugo rappliqua à la maison, elle avait encore le fou rire.

— Tu te rends compte. On peut acheter un éléphant au téléphone… livraison comprise.

— Il faut voir. Il y a des gens qui disent n'importe quoi. Et puis c'est un peu vite quand même. Je ne suis pas prêt. Il faut trouver un endroit pour l'héberger... et de l'argent aussi !

Elle avait cru qu'il sauterait sur l'occasion, qu'il se jetterait sur l'animal comme la misère sur le pauvre monde, mais Hugo se faisait tirer l'oreille.

— Laisse-moi y réfléchir... Il faut que j'y pense.

— Qu'est-ce que tu risques ? Va ! Donne-lui un coup de fil. L'enthousiasme de Marthe le déroutait. Elle lui tournait autour, lui posait des questions. Cette précipitation le gênait de plus en plus. Il n'avait toujours pas reçu l'argent de la Barnum, ses ressources étaient limitées et il savait ce que cela voulait dire, prendre un éléphant en pension.

Pendant une heure, il tourna dans le salon, pesant le pour et le contre, cherchant une raison pour refuser. Mais il n'en trouva aucune et c'est la curiosité qui l'emporta. Quand il eut ce McTavish au bout du fil pourtant, il faillit raccrocher. Cet homme était sourd. Et, en plus, c'était un brocanteur. À la vitesse de l'éclair, il se lança dans une tirade époustouflante. Dans cinq jours, il aurait l'animal et à un prix défiant toute compétition. Il suffisait de verser un petit acompte.

Hugo se rebiffa aussitôt. Pas question de payer quoi que ce soit avant d'avoir vu la bête. Mais ce McTavish n'entendait rien. Sans l'argent, il ne bougerait pas.

Cela sentait l'arnaque à plein nez. L'oreille collée au récepteur pourtant, Hugo n'arrivait pas à raccrocher.

— Combien demande-t-il ? disait Marthe.

— Mille dollars en acompte. Mais ça ne va pas ! hurlait Hugo. Sans rien voir ! C'est beaucoup trop cher !

Il piétinait devant le téléphone, Marthe hochait ostensiblement la tête, mais il résistait encore :

— Écoutez ! Reparlons-nous plus tard. Il faut que je réfléchisse.

McTavish ne comprenait pas. Les mots ne faisaient aucune impression sur lui et Hugo dut hausser le ton :

— J'AI DIT : JE VAIS VOUS RAPPELER ! IL FAUT QUE J'Y PENSE D'ABORD !

Hugo n'aimait pas ce brocanteur. Il ne lui inspirait pas confiance. Sa surdité en était une de convenance. Il entendait ce qu'il voulait bien… sans parler des mille dollars qu'il réclamait. Bien sûr qu'il voulait retourner au cirque. Bien sûr qu'il le ferait ce *come back*. Mais il ne fallait pas improviser. Il fallait se préparer, y mettre le temps.

— C'est quand même drôle d'acheter un éléphant par téléphone, tu ne trouves pas ?

Il n'était pas certain de vouloir répondre. En fait, il ne savait trop que penser de cette affaire. Dans ses rêves les plus fous, jamais il ne lui était venu à l'esprit de monter un numéro ici. Il devait d'abord s'habituer à cette éventualité.

Du côté de la table basse, près du divan, il chercha le livre aux pages de soie et se souvint que madame Blanche ne l'avait pas encore rapporté. Dommage. Il aurait bien lu.

***

Ils marchaient côte à côte sur le trottoir. Ils marchaient en silence le long du boulevard Delorme et la nuit tombait doucement. Comme les gens du quartier, ils venaient voir où en étaient les travaux. Hugo était tout à ses pensées. Marthe le croyait au cirque, en train de répéter son numéro. Subitement, il demanda :

— Au fond, ce qui te dérange chez Charlie, c'est la même chose que Victor Daguerre me reprochait ?

Elle faillit perdre pied. Ces mots la prirent complètement au dépourvu et elle se mit à bégayer.

— Je… je ne lui reproche rien à Charlie ! Il est tout replié sur lui-même, c'est dommage.

Il y avait beaucoup de monde aux abords du parc. Marthe n'était plus sûre de rien. Cette remarque de Hugo l'avait bouleversée. Elle comptait bien s'expliquer :

— J'aimerais bien qu'il lise un peu, c'est vrai... au lieu de faire ces piles de livres qui traînent partout. Mais je le prends comme il est ! Je ne vois pas le parallèle que tu cherches à établir entre toi et Charlie.

Elle aurait débattu la question pendant une heure encore. Elle serait remontée jusqu'au déluge s'il l'avait laissée faire. Mais les gens se pressaient autour d'eux. Ils voulaient voir le grand trou. Ce n'était pas le moment d'étaler ses histoires de famille. Il lui passa un bras autour du cou et c'est à peine s'ils regardèrent en passant. Marthe voulait rentrer. Hugo était embarrassé.

— Écoute, j'ai dit ça comme ça. C'est toi qui as raison. Il n'y a rien de commun entre Charlie et moi.

Elle tremblait et, pourtant, il faisait si chaud, si lourd. Elle était mal dans sa peau et il se mit à faire le clown devant elle. Rien de spécial. Une cabriole, un saut par-dessus le ruban jaune, deux pas de côté... jusqu'au bord de la falaise. Tout était dans le geste, et dans le visage aussi. Il avait du métier, ça se voyait. Il était très drôle.

Quelques personnes s'arrêtèrent. Marthe en avait le souffle coupé. Il s'était pincé le nez et marchait sur le bord du gouffre comme si c'était un fil de fer.

— Reviens, Hugo. C'est dangereux.

S'agrippant à une partenaire imaginaire, il fit un pas de tango au-dessus du vide. Il semblait en contrôle, mais ce qu'il faisait était très dangereux. Marthe glissa elle aussi sous le ruban jaune et lui tendit la main.

— Viens, on rentre à la maison.

Quand il vit la frayeur dans son regard, Hugo s'interrompit aussitôt. Elle avait peur pour lui. Peur qu'il tombe dans le trou. Tout ça pour un rire.

Ils repassèrent sous le ruban. En s'éloignant dans la rue, il lui passa une main autour de la taille. Dans la lumière jaunâtre du boulevard, ils étaient comme tous les autres, tous ces couples qui marchaient ensemble.

— Tu sais ce qu'on devrait faire ? avait-il déclaré. Amener Charlie au lac. Je suis sûr qu'il n'y est jamais allé.

Marthe haussa les épaules. Samedi, c'était encore loin. Le bras de Hugo autour de sa taille lui suffisait pour le moment.

— J'ai pensé à Germain, aussi. Il a dressé des chevaux toute sa vie. Ça l'amuserait sûrement de s'occuper d'un éléphant.

Il était déjà au cirque. Tout était une question de mise en scène. Tout était possible.

— Et Gaël, la femme de Germain. Elle pourrait apprendre des beaux mots à Charlie.

— Mais qu'est-ce que tu racontes, Hugo ?

— Ce n'est pas toi qui disais qu'elle parle comme Baudelaire ?

— Enfin, je ne suis pas sûre. J'ai entendu des choses comme ça, mais… vraiment, je ne vois pas comment elle pourrait l'aider.

Elle avait un tremblement dans la voix. Marthe aurait tellement voulu que Charlie sache lire. Elle aurait fait n'importe quoi pour que cela arrive.

Ils continuèrent leur route et débouchèrent sur la petite place, mais Hugo n'arrivait toujours pas à se calmer. Ce deuxième voyage au lac l'excitait beaucoup et, lorsqu'ils arrivèrent devant le portail, elle concéda :

— C'est vrai au fond. Charlie aimerait sûrement ça ! Je ne suis pas certaine que Gaël puisse l'aider, mais…

19

Viens-tu du ciel profond ?

Le samedi suivant, ils se retrouvèrent dans le petit autobus blanc et, pendant une heure, ils roulèrent dans la grisaille, le long des grands boulevards et dans la banlieue profonde. Charlie regardait de tous les côtés à la fois et Hugo lui racontait des tas de choses à propos du lac. Le géant qui domptait les chevaux, sa femme presque aussi grande que lui et qui parlait comme un livre.

Marthe était appuyée contre la caisse du Parloir. Discrète, elle leur laissait toute la place et faisait mentalement le compte de ce qu'elle avait apporté dans son panier de victuailles. Un véritable banquet : les petits plats dans les grands, une nappe blanche et de la nourriture pour tenir un siège de trois jours.

Contrairement à leur visite précédente, il ne pleuvait pas et, lorsque le chauffeur s'arrêta devant la route menant au lac, elle descendit d'un pas enjoué. Marthe était d'humeur splendide et c'est elle qui ouvrit la marche pendant que Charlie et Hugo traînaient derrière. Bien qu'ils ne se soient pas annoncés, Germain les attendait au bout de la route. Il avait mis son beau costume.

— Gaël m'a dit que vous alliez venir ce matin. Je l'ai prise au mot. D'habitude, elle ne se trompe pas.

Comment pouvait-elle le savoir ? Comment avait-elle pu le deviner ? Ni Marthe ni Hugo n'en avaient parlé. Aucun téléphone, même pas au père de Charlie. Marthe interrogea le géant du regard et, pour toute réponse, il lui fit un clin d'œil.

— Et comment il s'appelle, ce jeune garçon ?

Charlie regardait le colosse de bas en haut et n'arrivait pas à dire un mot. Il était impressionné. Tétanisé, même !

— On t'a coupé la langue ? Tu ne sais pas parler ?

Hugo se précipita à sa rescousse :

— Je te présente Germain. C'est de lui dont je t'ai parlé tout à l'heure.

Et Marthe d'ajouter :

— Germain, je te présente Charles, c'est mon fils.

— Je ne savais pas que tu avais un fils !

Hugo ferma les yeux. Quand il était petit, cette phrase revenait toujours. Elle lui résonnait dans la tête, elle l'étourdissait. Combien de fois avait-il entendu des gens dire à son père : « Je ne savais pas que tu avais un fils ! » Il prit la main de Charlie :

— Viens, je vais te montrer le lac ! Il y a beaucoup de monde l'été, mais c'est joli quand même.

Germain n'y vit que du feu. Marthe s'enquit de Gaël, qui était allée marcher dans les bois. Tout en discutant, ils descendirent le long de la route. Charlie et Hugo étaient loin devant eux. Quand ils prirent le sentier menant au chalet, l'enfant était déjà sur la plage.

Marthe était ravie d'être là, mais elle se demandait comment la femme du géant avait su qu'ils venaient.

Gaël avait un côté intrigant, Marthe en convenait, mais n'avait rien d'un devin.

Une fois dans le petit chalet, elle chassa toutes ces questions pour étaler son banquet-mouchoir sur la table. La maison était toujours aussi propre, mais il faisait trop chaud pour préparer un feu. Elle offrit un thé glacé à Germain. Ils échangèrent quelques mots sur le temps qu'il faisait. Et Charlie et Hugo entrèrent en coup de vent.

Après être passés par la plage, Charlie et Hugo faisaient maintenant le tour du propriétaire. Le petit courait partout, il ouvrait les portes des chambres, sortait sur la véranda, puis revenait dans la cuisine.

— Pourquoi on n'est pas venus ici avant ?

Marthe délaissa son travail et se pencha vers lui. La réponse était toute simple. Elle n'y avait jamais pensé. Elle le prit par la main et l'entraîna un peu plus loin, devant la fenêtre donnant sur le lac. Ils s'installèrent sur le divan, elle lui raconta les étés passés ici, alors que les rives du lac étaient désertes. Il n'y avait que le cultivateur et son fils Germain, le grand petit géant.

Hugo avait pris la relève autour de la table. Il sortit les fromages, les viandes, le pain croûté et le Cahors. Elle avait pensé au tire-bouchon, il ouvrit la bouteille tout en invitant Germain à goûter. Très vite, il se mit à parler du cirque et du numéro qu'il voulait monter.

— Tu peux être sûr que ça m'intéresse, déclara le géant. Les chevaux, les manèges et les touristes, à la longue, c'est ennuyant tu sais.

— Mais je t'avertis, ce ne sont pas les vacances. J'ai déniché un éléphant. Enfin, je crois en avoir trouvé un. Il va falloir le dresser, ça prend du temps.

— Ça ne fait rien. Je veux essayer.

Le banquet prenait des proportions. Marthe avait mis tout un garde-manger dans ce panier. Hugo trouva du caviar et des truffes, dissimulés sous un petit flacon de cognac. Il sortit le tout en continuant de raconter : il faudrait apprendre à l'éléphant à danser. Sur une musique sublime. Lui ferait le pitre. Il passerait sous la bête au risque de se faire écraser. Il grimperait sur elle comme on escalade une montagne. Ce serait la grâce malgré l'énormité... la musique ferait toute la différence.

Germain n'était pas certain de comprendre toutes les subtilités, mais il était prêt à essayer, à se lancer tête première. Hugo avait été chez Barnum and Bailey après tout. Il devait savoir ce qu'il faisait.

— Tu te rends compte, répondait Germain. Un éléphant, c'est une promotion !

De sa voix forte, le géant venait de sceller le pacte. Hugo s'en frotta les mains. Il écoutait deux conversations en même temps. Marthe et le petit discutaient eux aussi. D'autant plus étonnant qu'il ne les avait jamais vus comme ça, enlacés, accrochés l'un à l'autre. C'était le voyage peut-être ou le grand air. Ils étaient immobiles dans cette vieille berçante. Seules leurs lèvres bougeaient encore.

Hugo baissa le ton. Il parlait encore du projet, mais l'urgence avait disparu. Il aimait bien les regarder de loin. Charlie avait la tête appuyée contre l'épaule de sa mère et ses yeux papillonnaient. Un craquement retentit dans l'entrée. La porte s'ouvrit tout doucement et le premier regard de Gaël fut pour Germain.

Elle s'approcha de la table, un bouquet de fleurs sauvages à la main. Le géant se leva aussitôt pour l'embrasser et leurs silhouettes conjuguées jetèrent une ombre sur la pièce. La chevelure revêche de Gaël lui voilait les yeux, mais lorsqu'elle aperçut Charlie, elle dégagea immédiatement la mèche :

— *Viens-tu du ciel profond ou sors-tu de l'abîme,*
Ô Beauté ? ton regard, infernal et divin,
Verse confusément le bienfait et le crime

C'était Baudelaire ! Marthe ne s'était pas trompée. Il se terrait dans cette femme qui, à bien y regarder, lui ressemblait presque. Gaël agitait le bouquet au-dessus de la tête de Charlie, comme pour chasser les mauvais esprits. Elle tournait autour de lui en l'examinant avec curiosité.

Le petit avait les yeux sortis de la tête. Cette femme, qui cachait un géant dans ses entrailles, avait pourtant le geste très doux. Elle murmurait des mots d'abord inaudibles... puis de plus en plus articulés. C'était très beau. Marthe reconnut, entre autres, un passage d'*Élévation*. Puis un autre de *La Vie antérieure*. Lorsqu'elle déclama *Harmonie du soir*, on aurait dit qu'elle chantait une berceuse.

Gaël improvisait avec une assurance à couper le souffle. Elle semblait tout savoir, tout connaître de Baudelaire. Mais de Charlie aussi ! Elle savait qu'il était taciturne, qu'il ne connaissait pas vingt mots et qu'il refusait de lire.

Peut-être avait-elle une boule de cristal ? Peut-être lisait-elle dans les cartes ? C'est pour cela sûrement qu'elle empruntait les passages les plus lumineux, les strophes les plus éclairées des *Fleurs du mal*. Le mal de Charlie exigeait le meilleur remède.

Sous les yeux de Marthe, elle insufflait les mots dans le corps frêle de Charlie, elle transvidait les plus belles musiques et l'enfant entrait dans la langue par la grande porte.

Tout compte fait, c'était pour extraire Charlie de son secret qu'ils étaient venus là ! Il avait bien été question de cirque, de collaboration entre Germain et Hugo, mais en réalité, c'était pour guérir le petit, cette fois, qu'ils avaient fait le voyage.

Marthe tenait la main de l'enfant et Gaël déclamait. Les plus beaux poèmes déferlaient dans le petit chalet et

Charlie ne tenait plus en place ! Cette musique le faisait vibrer et, à tout moment, il demandait :

— Mais pourquoi personne ne m'a pas parlé de cela avant ?

***

Pendant une partie de la nuit, ils firent la fête dans le chalet ! Le banquet de Marthe les garda éveillés jusqu'aux petites heures du matin et, plus d'une fois, Charlie prit la parole. Il empruntait à Baudelaire et, quand il disait les textes, il avait les mêmes intonations que Gaël.

Marthe n'en demandait pas tant. Elle hochait la tête chaque fois qu'il ouvrait la bouche et, quand elle ne comprenait pas, il s'impatientait :

— *Je trône dans l'azur comme un sphinx incompris*

Il y avait quelque chose d'hallucinant dans cette fête. Pourtant, Gaël n'avait sorti ni son chanvre ni sa pipe. Tout était dans les mots. Dans la musique des mots et dans leur beauté. Hugo ne connaissait pas ces rimes. Il ne les avait jamais entendues, mais il vibrait à chacune d'elles.

Le petit continua de les étonner ainsi, jusqu'à tard dans la nuit. Bientôt il se leva et quitta la table, les paupières lourdes, erra un moment dans la pièce et s'arrêta devant la porte :

— *La mer est ton miroir ; tu contemples ton âme*

Était-ce la mélancolie ? Ou le sommeil qui le gagnait peu à peu ? Marthe se leva, le prit dans ses bras et ouvrit la porte d'une des chambres. Elle le déposa dans un lit et s'empressa de tirer la couverture.

Gaël et Hugo rangèrent la vaisselle pendant que Germain allait prendre l'air. Marthe n'était pas revenue. Elle s'était probablement assoupie au côté du petit et, dès que tout fut en ordre, Gaël s'esquiva. Dehors, le soleil était sur le point de se lever, Hugo ne tenait plus sur ses jambes et il s'effondra dans un lit, celui de la chambre du fond.

Au bout de quelques heures toutefois, le piaillement des vacanciers le tira d'un sommeil léger. Il était sept heures. Un rayon de soleil tombait en diagonale dans la chambre et, quand il ouvrit l'œil, il aperçut Charlie. Il était penché au-dessus de lui.

— Qu'est-ce que tu fais là ? Tu ne dors plus ?

— Viens avec moi. Je veux voir le lac.

— Le lac, à cette heure-ci ?

— Maman dort.

Il le prit par la main et tira dessus jusqu'à ce qu'il se lève. Comme un somnambule, Hugo traversa la cuisine et sortit sur la véranda. La lumière était éblouissante, il y avait du brouillard sur le lac. Dans les cabanes voisines, on s'agitait de plus en plus. Charlie descendit les marches et se retourna pour être bien certain qu'on le suivait.

— Ne va pas trop loin. Fais attention.

Il s'approcha de l'eau, y mit un orteil et s'arrêta net. Il grelottait déjà, mais il n'était pas question de faire demi-tour !

— Allez, vas-y ! Plonge, l'encourageait Hugo.

Charlie se mouilla les cuisses, puis le corps tout entier. Derrière, Hugo s'était laissé choir dans le sable. Après avoir barboté pendant trente secondes, Charlie sortit de l'eau et rappliqua vers le chalet en annonçant :

— Il faut qu'on revienne ici... j'aime bien cet endroit, moi.

Hugo était en mauvais état. Il mettrait probablement la journée à se remettre de la veille. Il se renversa sur le dos, prit une grande respiration et marmonna en soupirant :

— C'est ce que j'ai dit moi aussi quand je suis venu... la seule fois que je suis venu. J'avais à peu près ton âge...

— Ah ! cria Charlie. Tu es venu ici quand tu étais petit ? Tu as rencontré maman ?

Il se mordit la lèvre. S'il ouvrait la porte, l'enfant poserait des tas de questions. Il faudrait tout expliquer, même l'inexplicable. Jamais il ne s'en sortirait.

— Viens ici. Il faut que je te parle. Il faut que je te dise quelque chose.

L'air était frisquet. Charlie grelottait et Hugo ouvrit tout grand les bras pour l'accueillir. Il vint se blottir entre ses cuisses et s'essuya la bouche sur son pantalon.

— Tu sais ce qu'on va faire quand on va retourner à la maison ?

Le petit n'était pas dupe. Il voyait bien le jeu de Hugo, la dérobade qui se préparait pour ne pas répondre.

— ... dès qu'on sera à la maison, je vais rappeler ce type. Je vais l'acheter, l'éléphant. Et c'est Germain qui va s'en occuper. On va travailler ensemble.

C'était magique. Il suffisait d'évoquer le cirque et Charlie tombait, se laissait emporter complètement. Pendant un moment, ils se bercèrent ainsi, sur la plage. Le petit enfonçait ses ongles dans son dos... et l'autre dormait à moitié. Le soleil était de plus en plus chaud et l'enfant de mieux en mieux dans ses bras.

— *Je veux te peindre ta beauté*

C'était un compliment. Hugo ne l'avait jamais entendu, mais il hocha la tête en serrant encore plus fort.

— Mais tu ne m'as pas répondu. Comment tu as connu maman ? Tu l'as rencontrée ici au chalet ? Quand tu avais mon âge ?

Hugo grognait sans vraiment répondre. Charlie avait l'œil espiègle. Cette question, il ne l'avait pas empruntée à Baudelaire.

20

Le trapèze

Quand ils rentrèrent en ville, tard le lendemain, Marthe insista pour que Hugo dorme à la maison. En sortant de l'autobus, ils prirent un taxi. Charlie rigola jusqu'au dernier moment, devant la maison de Jean-Philippe. Puis, en sortant, il murmura :

— *Maudite soit la nuit aux plaisirs éphémères*

Marthe ne savait trop que penser de ce phénomène linguistique. L'enfant n'avait jamais ouvert un livre et voilà qu'il était investi de la plus belle des langues.

— Certaines choses ne s'expliquent pas, l'avait rassurée Hugo. Il ne faut pas chercher...

Ces paroles avaient eu peu d'effet. Charlie était debout devant le taxi. Il faisait tout un cinéma au lieu de rentrer à la maison. En principe, il devait rester chez son père le week-end suivant. C'était le quatrième samedi du mois, mais il voulait revenir à la maison. Dans une semaine, Hugo aurait peut-être trouvé son éléphant. Il ne voulait pas manquer cela.

Marthe dut le raccompagner à la maison et discuter un moment avec Jean-Philippe. Hugo suivait l'échange du fond du taxi. Ce changement d'horaire semblait causer problème. Rien n'était simple.

Marthe rappliqua au bout de cinq minutes, le taxi reprit sa course et ils n'échangèrent pas un seul mot jusqu'à la maison. C'était souvent comme ça, lorsqu'ils se revoyaient, Marthe et Jean-Philippe. Un grincement dans le fond de l'âme suivi d'une grande douleur.

Hugo connaissait le chemin du divan. Après avoir éteint toutes les lumières, il mit le rayon bleu en marche et fit le tour du divan, comme un avion qui fait un grand tour avant de se poser. Il allait rouler dans les coussins, mais il freina son geste. Elle jouait déjà, là-haut. Un morceau de musique qui lui faisait toujours le même effet. Une invitation au voyage.

Il vint se poster au pied de l'escalier. La porte était entrouverte et la mélodie délicieuse. Il grimpa trois, quatre et cinq marches. Elle jouait encore. Il s'arrêta dans l'embrasure de la porte et jeta un œil dans la chambre. Il ne voyait toujours rien.

Quelle musique irrésistible ! Il allait faire un pas, se lancer en avant, mais il s'arrêta brusquement. Dans la chambre de Marthe, le plancher s'était dérobé. Pire encore, les ampoules de la table de maquillage s'étaient transformées en projecteurs. Cela donnait un effet saisissant. Perchée sur un trapèze à cinq mètres de lui et, la tête en bas, Marthe se balançait.

Debout sur son petit plateau, Hugo voulait faire marche arrière, mais impossible. Il n'y avait plus d'escalier, plus d'appartement, plus de livres. Il était sous les combles d'un chapiteau et l'heure du spectacle avait sonné. Depuis le temps qu'il y rêvait, il n'allait pas reculer !

Marthe dansait au-dessus de l'abîme. Il n'y avait pas de filet. Pas de deuxième chance. Et elle voltigeait, elle s'élançait dans l'air du temps comme si elle faisait cela depuis toujours.

— Viens ! Ce n'est pas dangereux !

Elle tendait les bras lorsqu'elle passait devant lui. Prudemment, il se pencha au-dessus du vide. Le long trou noir… et la piste tout en bas. Il ne restait vraiment plus rien de la maison.

— Viens ! Ce n'est pas dangereux, disait Marthe chaque fois qu'elle passait.

Elle avait un plaisir fou sur sa balançoire. C'était à n'y rien comprendre. Sans parler du collant bleu qu'elle portait. Le même que Sally ! Un justaucorps dessinant ses lignes sur fond noir. Elle était svelte Marthe, et d'une admirable agilité.

— Je vais te tenir par la main. Tu vas t'accrocher à moi ! Tu vas voir, c'est facile.

Hugo en avait envie… mais il laissa encore passer un tour. La méfiance. Cette femme n'était peut-être pas Marthe. Cette acrobate était peut-être une illusion, un mirage cherchant à l'entraîner dans le vide.

— Hugo Daguerre ! Viens ! Il va bien falloir que tu me croies un jour !

C'était bien elle. Ce qu'elle demandait exigeait une réponse. Quand elle repassa, il serra les poings et se jeta tête première. Ses pieds quittèrent le petit plateau et, tout de suite, il sut qu'elle était là, qu'elle ne le laisserait pas tomber.

Ils firent deux ou trois passages, Hugo hocha la tête et elle le posa sur la petite plate-forme. Il voulait reprendre son souffle, refaire ses forces et s'assurer que tout cela était bien vrai. Mais ce n'était pas nécessaire. Marthe lui fit un grand sourire en repassant, il sombra dans ses yeux et, au passage suivant, il replongea.

C'était magique. Ils volaient au-dessus de la piste. Accrochés l'un à l'autre, ils planaient sans jamais regarder en bas. Marthe attendait ce moment depuis leur première rencontre. Elle se l'était caché, elle s'était menti, mais cette fois, elle n'y pouvait rien.

Ils se berçaient dans le néant, ils se dévoraient des yeux, ils se mangeaient du regard. Ils étaient à ce point abandonnés l'un à l'autre qu'ils ne pouvaient plus tomber, sauf peut-être en amour.

21

La garde partagée

En me réveillant, j'étais certaine qu'il serait parti, mais il était là, la tête dans les coussins. Il dormait comme un ours. Je l'ai regardé pendant un long moment. Je l'aime Hugo. Il ne comprend pas toujours ce qui se passe, mais il ne juge jamais. Je voudrais le garder près de moi un moment. Il me caresse, il me fait du bien. Il me ramène Charlie.

Quand il s'est levé, j'ai tout de suite compris qu'il ne resterait pas. Il parlait du motel, de la banque et de la Barnum, tout en même temps. C'est tout juste s'il a pris une gorgée de café. Je ne l'ai pas revu depuis trois jours. Mais j'ai parlé à Jean-Philippe. Charlie va passer le week-end ici, finalement. Du vendredi soir jusqu'au lundi matin. On a même parlé d'un éventuel retour. Au fond, ça ferait l'affaire de tout le monde, y compris de Dominique, la femme de Jean-Philippe. Trois enfants, c'est beaucoup.

Il ne faut pas forcer les choses, je le sais bien. Il ne faut pas vendre la peau de l'ours… mais je n'ai jamais cessé d'attendre Charlie.

***

C'était Hugo au téléphone. Depuis trois jours, il est en négociations. Cet homme, ce brocanteur, le tient en haleine. Apparemment, il aurait trouvé un éléphant. La date de livraison n'est pas encore fixée, mais il prépare déjà le terrain. Il a déniché un hangar, en banlieue, sur la Rive-Sud.

C'est un peu fou cette histoire de cirque ici, chez Victor Daguerre. Charlie est aux anges. Hugo met tous ses espoirs dans cette affaire, mais il est un peu coincé. Hier, je lui ai offert de l'argent, mais j'ai senti que ça le chatouillait. Je lui ai expliqué que je le faisais pour Charlie. Il n'a pas répondu.

Demain, nous déjeunons ensemble, mais j'ai eu du mal à le convaincre. À l'entendre parler, cette affaire prend tout son temps. Je lui ai proposé de venir travailler ici, de donner mon numéro de téléphone. Il hésite. C'est un reste de pudeur. Et en plus, il faut lui tirer les mots de la bouche ! Ce qui, par contre, n'est pas le cas de Charlie. Je ne sais pas ce que Gaël lui a fait mais, tous les jours, il téléphone. Il frétille au bout du fil. Ça me fait bien rire, son histoire de Baudelaire. Il a retenu deux ou trois strophes comme ça, et il les lance à tout vent. Je lui ai dit qu'on avait le livre à la maison, l'œuvre complète. Il veut bien y jeter un coup d'œil. Mais, en fait, c'est madame Blanche qui l'a. Hugo m'en a glissé un mot. Il y a quelques jours déjà. Elle tarde à le rapporter.

22

Une fugue

Quand madame Blanche se présenta à la porte, le lendemain, Marthe et Hugo se jetèrent tous deux sur le livre.
Bousculade amoureuse. L'institutrice fit mine de ne rien
voir. Marthe couvrit l'affaire d'un grand sourire et la raccompagna jusqu'au portail. Elles parlaient d'une chose
qui « avait finalement débloqué ». Hugo comprit alors
qu'il était question de Charlie et de la lecture. Madame
Blanche était apparemment son professeur de français
et les récents progrès de Charlie semblaient le résultat
d'un long travail. Marthe félicitait la petite dame en lui
frottant l'épaule. Quand elle revint dans la maison, elle
était d'humeur splendide.

— Tu le liras en premier, Hugo. J'ai tout le temps, moi.

— Non, non. Prends-le. Je suis très occupé en ce
moment. Tu me le prêteras le soir avant de dormir.

Marthe réprima un sourire. Le soir, ils faisaient
du trapèze. Le livre aux pages de soie pourrait tomber,

pourrait se perdre dans les profondeurs de l'abîme. Ils rigolèrent un moment dans l'entrée et, finalement, c'est elle qui le garda. Hugo revint au salon faire des appels.

Elle cherchait quelque chose dans les pages de soie. Un poème en particulier. Mais, au fond, elle l'épiait. Elle tournait autour de ses quartiers généraux en se cachant derrière le livre. Sur la table, il y avait son histoire en abrégé. Elle tenait à ces bouts de papier, ces numéros de téléphone et ces notes griffonnées en vitesse. Le nom du brocanteur, une idée pour le numéro « en gestation » et le livret de banque.

C'était tout de même un professionnel, Hugo. Quand il travaillait, un rideau de fer se refermait devant ses yeux. Il était tellement concentré qu'il en était intimidant. Et Marthe s'éloigna. Elle avait à faire. Puisqu'elle avait le nez dans *Les Fleurs du mal*, autant en profiter pour se rafraîchir la mémoire.

En plus d'*Élévation*, ce poème qu'elle avait retranscrit pour Hugo dans le parc, et qu'elle rejouait tous les soirs au Parloir, elle avait bien connu Baudelaire à une époque. Aujourd'hui, si elle voulait comprendre ce que disait Charlie, elle n'avait d'autre choix que de revenir aux sources.

Dans la salle à manger, elle prit place au bout de la table et déposa le livre devant elle. Elle y prenait un plaisir évident. Cette lecture n'aurait rien de la course d'obstacles qu'avait été la recherche de Victor Daguerre. Au contraire, ce serait un geste chaleureux qui la rapprocherait de son fils.

Elle lut un moment. Elle se sentait bien, mais elle se demandait tout de même ce que Charlie pouvait comprendre à ces textes. Elle feuilletait, passait par des chemins connus quand, tout à coup, Hugo se mit à crier. C'était le brocanteur ! Il était au bout du fil et il ne comprenait pas, comme d'habitude. Encore une affaire d'argent. Cet homme en voulait toujours plus. Marthe se cala bien au fond de sa chaise et observa Hugo à distance.

Il avait passé les derniers jours de la semaine chez elle, accroché au téléphone à convaincre les uns et à presser les autres. Il était question qu'il renonce à sa chambre de motel. De jour en jour, le numéro prenait forme, mais il prenait aussi beaucoup de place. Hugo était en état de trac permanent. Germain ne faisait rien pour l'aider. Deux fois par jour, il téléphonait pour prendre des nouvelles.

Marthe, de son côté, était complètement libre de son temps. À deux ou trois reprises, elle avait griffonné sa lettre de démission pour la bibliothèque. Chaque fois, la poubelle en avait pris livraison. Le style était boiteux, ni le ton ni la forme n'étaient satisfaisants. Elle remettait à plus tard.

Marthe passait aussi beaucoup de temps au téléphone. Entre les appels du brocanteur et de Germain, il y avait maintenant ceux de Charlie. Il parlait de plus en plus, il y prenait un véritable plaisir... et il lançait quelquefois des strophes éblouissantes. L'éclosion de l'enfant avait été subite... et presque brutale. Elle cherchait à comprendre. Elle aurait voulu savoir comment Baudelaire, en passant par cette femme au physique ingrat, s'était rendu jusque-là, jusqu'au regard émerveillé de son fils.

Quelqu'un frappa à la porte. Hugo, qui était entre deux appels, se leva aussitôt. Le libraire venait de faire surface en lui. Il traversa le salon en pressant le pas et vint ouvrir. C'était un enfant. Il ramenait deux livres. Tout de suite, ils badinèrent ensemble. Le trac du cirque s'était évanoui momentanément.

— Et toi, est-ce que tu en lis, des livres ?

L'enfant protestait. Il disait qu'il n'avait pas le temps, qu'il avait trop à faire. Hugo le taquina en rayant les deux titres de la « liste ». Après avoir refermé la porte, il revint au salon en scrutant ce ramassis de titres et de noms. Certains étaient illisibles, mais surtout, des dizaines de livres étaient en retard.

— Marthe. Tu ne crois pas qu'il serait temps de refaire de l'ordre là-dedans. On pourrait changer de cahier aussi. Et téléphoner à ces gens qui traînent.

— Ton père serait fier de te voir.

Il ne voulait surtout pas ressembler à Victor Daguerre. La seule évocation de son nom le faisait frémir. Mais il aimait bien ce petit travail de libraire. Ces gens du quartier qui cognaient à la porte à toute heure, ces conversations à la dérobée. Il avait pris l'habitude de lire les quatrièmes de couverture. C'était moins long que de lire les livres et ça donnait une idée.

Marthe flattait les pages de soie elle aussi. Elle s'arrêtait sur les textes que Gaël avait déclamés l'autre soir : *La Vie antérieure*, *La Beauté*. Pendant une demi-heure, elle resta sur *Harmonie du soir* qu'elle chantonnait tout en lisant. C'était une berceuse.

Hugo tendit l'oreille. Il était appuyé sur l'accoudoir du divan. La « liste », les téléphones et les bouts de papier ne l'intéressaient plus. Il voulait entendre. C'était peut-être cela qu'elle disait dans le Parloir. Ce morceau qui lui faisait toujours le même effet. Il s'avança jusqu'à l'entrée, mais elle leva aussitôt les yeux :

— Ça va, Hugo ? Ça se passe comme tu veux ?

Il s'était arrêté, comme un félin qui hésite à sauter sur sa proie. Elle avait les yeux grands ouverts, elle le voyait venir, mais elle parlait encore.

— Tu sais, pour l'argent, je ne t'ai pas dit... ma mère m'en a laissé un peu. Ce qu'il lui restait de sa famille. Avec la maison, ça fait beaucoup. Je peux t'aider... pour l'éléphant. Je sais que tu n'aimes pas trop l'idée, mais...

Il n'écoutait pas. Ses yeux s'étaient remplis de brouillard et seule l'image de Marthe était encore distincte au milieu. Il lui tendit la main. Elle fit signe que oui et elle se leva, comme s'il n'était pas nécessaire d'en dire plus. Ils montèrent en silence.

* * *

Marthe avait jeté une couverture sur le plancher, il était couché sur le dos et elle s'était blottie contre lui. Elle scrutait le plafond, se répétait qu'elle était bien, qu'elle avait des ailes et qu'elle était amoureuse, lorsqu'un bruit retentit du côté de l'entrée. Elle préférait ne pas répondre et retint son souffle. Mais c'étaient des coups de pied cette fois qu'on frappait contre la porte.

— Charlie !

Elle se mordit la lèvre, mais il avait entendu. Hugo ouvrit un œil en se passant une main dans les cheveux.

— C'est pas vendredi, aujourd'hui ?

— Laisse, laisse. Je m'en occupe.

On frappait toujours en bas. Le bruit était infernal. Marthe enfila sa robe de chambre et dévala les marches à toute vitesse. Hugo se trouva tout à coup ridicule. Nu comme un ver, étendu au milieu du plancher. Il sauta dans son pantalon, se reboutonna en vitesse et descendit lui aussi.

Charlie tournait en rond, au rez-de-chaussée. Sa mère le suivait à la trace, cherchant à savoir ce qui s'était passé. De toute évidence, il était en fugue. Pendant les vacances, c'était une vieille dame qui les gardait, lui et ses deux demi-sœurs, Adèle et Caroline. Profitant d'un moment d'inattention, il avait pris le bus et s'était amené ici.

— Tu ne crois pas que Jean-Philippe va s'inquiéter ? disait Marthe. Il faut lui téléphoner, l'avertir.

— Je lui ai dit que je voulais revenir vivre avec toi. C'est bien ici, avec Hugo et tous les projets. Là-bas, c'est l'enfer !

— Mais aujourd'hui, est-ce qu'il sait que tu es ici ?

— …

— Alors, tu lui téléphones. Sinon, c'est moi qui le fais. Je ne veux pas d'histoires, tu le sais bien !

Hugo se faufila entre les deux et pointa le livre aux pages de soie sur la table.

— T'as vu ? Là-dedans, il y a toutes les belles phrases de Gaël.

— Ah ouais ?

Sans hésiter, il prit le livre. Marthe trouva l'intervention presque déplacée, mais l'enfant avait déjà les doigts entre les pages. Comme d'autres avant lui, il était attiré par la douceur du papier.

Espiègle, Hugo laissa courir ses doigts dans le cou de Marthe. Ses cheveux étaient encore moites et, quand elle se retourna, il lui fit un clin d'œil. Charlie s'éloignait avec le livre. Dans le salon, il s'installa au milieu des coussins et, au grand étonnement de sa mère, il se mit à lire.

C'était inespéré. Il était là, il voulait rester et, en plus, il savait lire !

Marthe se précipita sur le téléphone. Sa conversation avec Jean-Philippe fut franche et directe. À sa grande surprise, celui-ci avoua qu'il n'était pas étonné par la tournure des événements. Depuis quelque temps, Charlie n'avait qu'une idée en tête : retourner chez sa mère. Peut-être fallait-il respecter ce souhait ?

Marthe se prenait la tête à deux mains. Son ex qui était tout à coup conciliant pendant que Charlie lisait Baudelaire sur le divan ! Il avait délaissé Oakland, il ne pensait plus au cirque et, à tout moment, il demandait :

— C'est vraiment Gaël qui a écrit ça ?

— Il me semble que oui, disait Hugo. Il faudrait demander à Marthe, mais c'est son genre il me semble. Ce sont les mêmes mots en tout cas.

Marthe riait. Elle cherchait à contenir son fou rire. Le petit prenait cela très au sérieux. Il dévorait littéralement, tandis que Hugo ramassait ses bouts de papier et ses numéros de téléphone sur la table. En d'autres circonstances, elle aurait rectifié. Avec les dates de parution, les titres les plus importants et les œuvres secondaires. Gaël n'avait rien à voir avec *Les Fleurs du mal*. Mais elle se fit violence pour ne pas le dire. Ce n'était pas nécessaire.

23

Remorque comprise

Lorsque Charlie était là, Hugo dormait sur le divan. Et il revenait de plus en plus souvent. Le petit ne s'intéressait plus du tout à la construction des villes. Il prenait quelquefois des nouvelles du cirque, mais ce qui le passionnait maintenant, c'était Baudelaire. Marthe était mi-figue, mi-raisin. Enfant précoce, elle ne s'était intéressée aux poètes du XIXe siècle qu'à onze ou douze ans. Charlie n'avait pas encore dix ans.

— Tu sais, il y a plein d'autres bouquins qui sont intéressants. Je t'ai sorti un livre d'Alphonse Daudet. Je suis sûre que tu l'aimerais.

Ce n'était pas la peine d'insister ; Charlie aimait *Les Fleurs du mal*. C'était d'autant plus navrant pour Hugo, qui n'avait plus touché aux pages de soie depuis des jours. Le petit s'y accrochait avec une telle détermination qu'il doutait de remettre la main sur le livre un jour. Pour ne pas être en reste, Marthe le réclamait elle aussi. C'était infernal.

Ils étaient donc à la maison tous les trois, un samedi matin. L'été faisait son baroud d'honneur ; une chaleur accablante les gardait barricadés à l'intérieur. Charlie lisait, Marthe jouait du Parloir et Hugo passait en revue les options qui lui restaient. Le brocanteur n'avait plus redonné de nouvelles, ce qui ne le surprenait pas outre mesure. Il n'avait pas confiance en cet homme. Il craignait l'arnaque. Et puis, il y avait les mille dollars aussi ; ceux que Marthe lui avait avancés et que McTavish avait déjà en poche.

Il n'était pas obligé de monter ce numéro. Rien ne l'y forçait. En fait, ce qui se passait entre lui et Marthe était bien plus important. Quand ils montaient là-haut, quand ils se retrouvaient sur le trapèze, c'était prodigieux, c'était féerique. Les jours où Charlie retournait chez son père, ils dormaient ensemble et n'arrivaient plus à se tirer du lit le lendemain.

Le cirque à tout prix ? Peut-être pas. Il aimait bien ce petit travail de libraire. Il avait acheté un nouveau cahier, il retranscrivait les retards et téléphonait même aux clients. Depuis qu'il avait quitté le motel, depuis qu'il s'était installé, il en avait fait son passe-temps.

Le dernier samedi du mois donc, chacun était à sa petite affaire. Une molle nonchalance derrière les volets clos. Et puis le téléphone sonna :

— Oui, allô !

Un ange passa. Hugo retint son souffle et il se mit à tambouriner sur la petite table. Le regard fuyant, il trancha :

— Qu'est-ce qu'il a ? Il est blessé ?

Charlie n'entendait que le grésillement du téléphone, mais il savait déjà que cela concernait l'éléphant. Il posa le livre et s'approcha.

— J'AI DIT : QU'EST-CE QU'IL A ? EST-IL BLESSÉ ?

Là-haut, Marthe s'était arrêtée de jouer. La porte de son appartement s'était ouverte et elle avait passé la tête. Plus il en apprenait, plus Hugo s'énervait.

— Ce n'est pas un dromadaire que je cherche. C'est quoi cette bosse ?

Avec McTavish, on allait de surprise en étonnement. D'abord la remorque. Un éléphant, ça ne se transporte pas comme ça. Heureusement, elle était comprise dans le prix. Mais il fallait signer des papiers. Plus compliqué que prévu, sans parler de la nourriture ; le brocanteur lui offrait de quoi tenir un mois, moyennant un petit supplément.

— Mille dollars de plus ! Mais quand est-ce que ça va s'arrêter ?

Le brocanteur n'entendait pas cette colère. Il lui faisait répéter, il louvoyait comme une anguille, et la seule façon de s'entendre avec lui, c'était de dire pareil. Ils se fixèrent un rendez-vous, à midi, dans ce hangar que Hugo avait loué en banlieue.

— Vous avez bien compris, criait-il. À midi, sur la Rive-Sud, dans le parc industriel !

Il parlait si fort que Charlie s'était bouché les oreilles. Les mains sur les tempes, il se tourna vers sa mère lorsqu'elle arriva tout près de lui.

— *Comme un navire qui s'éveille*
Au vent du matin,
Mon âme rêveuse appareille

En raccrochant, Hugo se demanda s'il s'était bien fait comprendre. Rive-Sud, parc industriel... il n'avait pas précisé le nom de la rue, mais c'était facile à trouver. Charlie sautait autour de lui. Tout à ses pensées, il prit sa veste dans l'entrée et ouvrit la porte.

— Attends un peu... tu ne vas pas partir comme ça ?

Marthe l'avait rattrapé. Le petit aussi. Debout sur la véranda, ils cherchaient tous deux à le retenir.

— Attends-moi. Je veux y aller. Je veux voir à quoi ça ressemble un éléphant.

Mais il n'en était pas question. Le rideau venait de se refermer devant les yeux de Hugo. C'était du travail. Du travail dangereux, même. Il n'aurait pas le temps de s'occuper d'un enfant.

— Ce sera pour la prochaine fois…

Le petit grimpa aux barricades. Depuis leur visite au lac, il l'attendait, lui aussi, ce jour. Il ne s'était pas passé un week-end sans qu'ils en parlent, sans qu'ils fassent des projets. Et voilà qu'on l'écartait.

— Ah oui ! c'est vrai. Il faut que je téléphone à Germain !

Hugo revint sur ses pas, suivi de Charlie qui le harcelait :

— *Tu marches sur des morts, Beauté, dont tu te moques*, hurlait-il.

Hugo avait autre chose à faire, autre chose à penser. Il devait absolument prévenir Germain. Il composa le numéro et croisa le regard hébété de Charlie, sur la première marche de l'escalier.

— *Je trône dans l'azur comme un sphinx incompris*

La sonnerie du téléphone lui déchirait les tympans, Germain ne répondait toujours pas et Charlie était fou de rage. L'enfant grimpa les marches, quatre à quatre. Sur son passage, les livres volaient de tous côtés. Il entra dans sa chambre et claqua la porte de toutes ses forces.

C'est à ce moment que Germain répondit. La conversation ne dura que trois secondes. Les choses commençaient enfin à bouger. Ils avaient rendez-vous à midi. Il y eut un grand cri à l'autre bout… et Hugo raccrocha. Entre une sortie côté cour et un crochet du côté de chez Charlie, il n'y avait qu'un petit geste. Qu'un tout petit effort. Il allait monter quand elle lui passa une main autour de la taille :

— Laisse, je vais m'en occuper.

Il s'arrêta sur la première marche et revint sur ses pas. Le regard était complice, il l'aurait embrassée, mais elle le raccompagna jusqu'à la porte :

— Vas-y ! Tu vas être en retard.

***

Le parc industriel de la Rive-Sud était moche et introuvable. On l'avait construit aux confins de la ville, là où la civilisation devait être rendue en l'an 2000, mais quelque chose s'était détraqué en cours de route. La ville n'avait pas parcouru la distance prévue et les hangars étaient là, inutiles comme des roches dans un champ.

Le dernier autobus l'avait laissé à deux kilomètres de là. Hugo avait mis vingt minutes, sous un soleil de plomb, à parcourir la distance. En temps normal, il se serait impatienté. Mais il pensait à Marthe, à Charlie et à ce qui lui arrivait ces derniers temps. Pendant l'été, il avait joué tous les rôles. Le père, le frère, la mère et le clown. Le numéro ultime.

Quand il arriva enfin, Hugo piqua du nez. C'était un grand cube en aluminium, sans fenêtres et sans charme avec une seule porte au milieu. Loin de la rue Éliane, loin des regards indiscrets, il pourrait monter le numéro en toute quiétude... mais quel endroit déprimant ! Quel bout-du-monde il devait se payer pour revenir au cirque !

Germain arriva en retard, bien entendu. Il s'était perdu et avait fait un grand détour avant de retrouver son chemin. Hugo l'accueillit dans le stationnement, déjà inquiet :

— Le brocanteur s'est perdu. C'est certain ! Il avait dit midi. Il n'a donné aucun signe de vie.

— Écoute, ce n'est vraiment pas évident...

Quand il était seul, tout à ses pensées, Hugo parvenait à se contenir. Mais, en présence de Germain, c'était trop. Il allait et venait, consultait son carnet d'adresses, cherchait un numéro de téléphone. Il ne tenait plus en place et le colosse s'éloigna. Il voulait voir le hangar, il voulait se faire une idée avant que la bête ne leur tombe dessus.

Ça sentait le neuf. Tout était propre et d'une tristesse effroyable. Il faudrait percer quelques fenêtres, trouver de la paille, installer un système d'eau et construire un mur pour délimiter les quartiers où habiterait l'animal et l'endroit où se feraient les répétitions. Germain était déçu. Il n'aimait pas cet endroit, ce qui énervait encore plus Hugo. Mais il s'était engagé à faire le travail et il n'avait qu'une parole.

— L'as-tu trouvé au téléphone ton chapiteau... comme l'éléphant ?

C'est en râlant qu'il retourna au camion chercher son attirail : une fourche, des seaux de toutes les grandeurs, un boyau, deux balles de foin et des couvertures.

Hugo était au milieu du désastre et mesurait l'ampleur des travaux qu'il faudrait entreprendre. Ses petites journées tranquilles dans le salon bleu ou devant le climatiseur lui paraissaient si simples, si reposantes maintenant. Il allait sombrer dans la rêverie quand un coup de klaxon le fit sursauter. Germain était là, au fond du hangar. Hugo prit ses jambes à son cou et sortit à toute vitesse.

La remorque de Danby relevait de l'art picaresque. Sur les pans de ce gros cube sur roues, la vie de l'animal était relatée comme celle d'un héros, d'un aventurier ayant quitté l'Afrique vers des terres inconnues. Ces peintures, sur fond rouge, étaient très voyantes et c'est tout juste si Hugo remarqua McTavish, le brocanteur. Il s'approcha en lui tendant un bordereau.

— Est-ce qu'on peut avoir une petite signature, s'il vous plaît ?

— J'aimerais mieux voir l'animal, d'abord.

Germain rappliqua lui aussi. McTavish lui tournait le dos, ne l'avait pas vu. Il insistait pour que Hugo signe.

— La remorque est gratuite, disait-il. Et je vous dis, monsieur, ça c'est de l'art !

Germain tapa un grand coup sur les pans de la remorque et le brocanteur se retourna, effrayé. Le colosse était à son affaire. Il ouvrait déjà la porte arrière.

— Qu'est-ce que c'est que cette histoire de bosse ? demandait encore Hugo.

— Ce n'est rien. Rien du tout, répondit-il en bégayant.

Une odeur infecte se répandit dès que Germain laissa tomber le grand panneau. Une masse sombre gisait dans le noir. Rien ne bougeait. On avait du mal à imaginer l'éléphant dépeint sur la remorque.

— Bon, elle est un peu amortie, disait McTavish. Le transport, ça les fatigue.

— Ah ! c'est une elle, précisa Hugo.

Le brocanteur était nettement moins sourd qu'on ne le croyait. La sueur perlait sur son front. Rien ne se passait comme il l'avait prévu. Ce géant intimidant était dans la remorque et il ne ménageait pas ses efforts.

— Mais ! Elle est enceinte, cette bête ! Elle est sur le point d'accoucher.

McTavish fit mine de ne pas entendre et offrit à nouveau son bordereau à signer.

— Mais c'est un scandale ! beuglait Germain. Cette éléphante ne devrait pas être ici ! Elle a besoin d'attention et de soins !

Il faisait un tel ramdam dans la remorque que Danby s'était mise à bouger. À moitié hissée sur ses pattes de devant, elle poussa un soupir, comme si, enfin, quelqu'un allait s'occuper d'elle.

— Vous êtes certain de ce que vous dites ? Je n'ai rien remarqué moi. Vous m'avez demandé un éléphant, moi je vous ai amené un éléphant.

La nervosité de Hugo, ce trac qu'il avait ressenti ces derniers temps, se transforma en vague. Un grondement qui roulait en lui et qui emportait tout sur son passage. Sa colère contre Victor Daguerre, contre l'oubli, contre le mépris. Sa fureur contre cet homme qui lui avait menti. Une tornade qui s'abattit sur les épaules de McTavish.

Hugo hurlait tellement que Germain sortit voir ce qui se passait. Le brocanteur remballait ses affaires, effectuait un repli vers le camion. Mais le géant lui barra la route.

— Où allez-vous comme ça ? Qu'allez-vous faire de cet animal ?

L'homme était confus. Hugo avait les cheveux dressés sur la tête et s'époumonait comme un damné. McTavish croyait avoir affaire à un désaxé. Mais la stature de Germain lui intimait la plus grande prudence.

— Maintenant, vous allez m'écouter, trancha le géant.

Cet homme qu'on avait cru sourd devint tout ouïe.

— Il faut lui trouver une place pour qu'elle accouche. Et ça presse.

Sans plus, Germain grimpa dans le camion et prit place, côté passager.

— Je vais avec vous… je veux être certain que…

McTavish ne savait plus qui du grand ou du petit lui faisait le moins peur. Hugo était à vif. Il crachait des insanités devant le camion, alors que le colosse s'inquiétait toujours pour la bête. Il monta derrière son volant, parce que cela lui semblait un moindre mal, et mit aussitôt le moteur en marche.

Quand le camion à la remorque délirante s'éloigna dans la rue, Hugo poussa un long soupir. Le cirque était passé tout près, mais il s'éloignait maintenant.

24

Le libraire

Il était dans les bras de Marthe comme dans un linceul. Enturbanné, emmitouflé pour l'éternité sans aucune envie de ressusciter, de se lever d'entre les morts et de reprendre le collier. Hugo avait tiré la couverture sur ses épaules. Il s'était collé à elle et ne bronchait plus. Après le motel, c'était au divan qu'il avait renoncé. Depuis l'expédition dans le parc industriel, il ne dormait plus qu'avec elle.

Il était revenu du hangar en pièces détachées. Non seulement cette affaire lui avait coûté ses derniers dollars, mais il avait vu en Danby, la bête de cirque ringarde, une caricature de ce qu'il deviendrait un jour s'il s'entêtait à remonter ce numéro.

La suite de l'aventure avait été épique. Pendant toute une journée, Germain et le brocanteur s'étaient baladés en camion, cherchant un endroit où « placer » la bête.

La maison de la rue Éliane et sa petite anarchie comblaient totalement Hugo. Depuis qu'il avait découvert les balançoires dans l'appartement de Marthe, depuis qu'il avait appris à faire du trapèze avec elle, la même palpitation lui revenait tous les soirs. Il montait doucement l'escalier, il s'arrêtait un moment dans l'embrasure de la porte. Le chapiteau était là, et Marthe aussi !

Chaque fois, il s'avançait sur la petite plate-forme en prenant bien soin de ne pas regarder en bas. Le Parloir jouait tout seul, la musique était invitante et, toute la nuit, ils valsaient. Toute la nuit, ils volaient sous les combles du chapiteau.

***

Le lendemain, quand Hugo ouvrit l'œil, il chercha le trapèze, les projecteurs et le justaucorps bleu de Marthe. Tout avait disparu, comme les jours précédents. Il ne restait rien de leurs ébats, rien de la tendresse… rien, sauf le Parloir peut-être, rangé sagement dans son étui.

Marthe souriait en dormant. Elle était bien, elle était béate même. Il regarda cette chambre qui avait été celle de Victor Daguerre. Derrière un décor s'en cache toujours un autre et il se leva sur la pointe des pieds.

En prenant son pantalon sur la commode, il secoua la tête comme les nageurs quand ils sortent de l'eau. Il était au ciel dans les bras de Marthe, mais quand il y restait trop longtemps, le doute s'emparait de lui. La vie ne pouvait être aussi simple. Il y avait sûrement un truc, quelque chose qu'elle ne lui avait pas dit.

En bas, dans le salon, il s'étonna du nombre de livres qui traînaient là, qui s'étaient accumulés ces derniers temps. Marthe continuait d'en descendre. C'était le moment de l'année. Les gens du quartier se remettaient à la lecture, en septembre. Comme ils redemandaient toujours les mêmes titres, elle aimait autant les avoir sous la main.

Autant l'expédition au parc industriel avait été éprouvante, autant Hugo évacua l'affaire rapidement. Lui et Charlie s'étaient réconciliés dès son retour. Marthe avait sorti la nappe blanche et mijoté un petit plat. Pour les distraire, elle leur avait parlé de ce projet qu'elle caressait depuis un moment déjà. Transformer le rez-de-chaussée en salon de lecture. Construire de grandes étagères pour accueillir les livres, inviter les gens à lire sur place.

Hugo s'était accroché à cette idée comme on se jette sur une bouée de sauvetage. L'échec de sa propre entreprise lui paraîtrait moins cuisant s'il avait un autre projet. Sans aller jusqu'à se trouver une âme de libraire, il aimait recevoir ces gens à la porte, les mettre à l'aise et leur trouver le livre qu'ils cherchaient.

Appuyé contre la porte de la cuisine, Hugo regardait le salon de loin. En plissant les yeux, il voyait un paquebot rempli de livres, au milieu des eaux calmes. Marthe avait pensé à tout. Ce serait un endroit sympathique, avec des fauteuils disposés çà et là, un grand catalogue et le registre des entrées et des sorties. Pas de comptoir, rien de formel. Comme si on était chez soi en train de lire les livres des autres.

Marthe offrirait un service particulier. Elle proposerait des titres, elle donnerait des conseils mais, surtout, elle ferait découvrir les trésors du fonds de librairie de Victor Daguerre. Comme un guide. Une main tendue.

Il regardait le salon et voyait exactement ce que Marthe proposait. Un cirque, en somme... mais avec les mots. Le public serait au rendez-vous. Il ne resterait qu'à le séduire, à lui montrer les livres comme jamais il ne les avait vus.

Hugo était emballé par cette idée. Tellement qu'il n'entendit pas la porte grincer dans l'entrée. Il espérait que Marthe descende, pour qu'ils en parlent encore. Mais c'est Charlie qui le surprit :

— *Songe à la douceur*

C'était à peine jeudi, il avait une valise dans une main et le livre de Baudelaire dans l'autre. Sur la petite place, la voiture de Jean-Philippe s'éloignait.

— Il est d'accord, mon père. Je vais retourner chez lui la semaine prochaine, mais c'est la dernière fois. C'est décidé.

— Ah bon ! tu reviens pour rester ?

— … Elle te l'a pas dit, maman ?

Il déposa sa valise tout près de l'escalier et vint s'installer dans le salon, sur le grand divan. La page de son livre était cornée. Il se cala dans les coussins et reprit sa lecture là où il l'avait abandonnée.

— Est-ce que c'est toi, Charlie ? demanda Marthe, de l'étage.

— Oui, oui.

Elle descendit en vitesse, se jeta sur le divan et l'embrassa de façon exubérante. Le petit se laissa prendre au jeu, déposa le livre aux pages de soie sur la table et fit lui aussi des câlins à sa mère.

C'était la première fois que Hugo les voyait se chamailler ainsi, se rouler dans les coussins. Discret, il revint vers la salle à manger où il s'intéressa à la valise du petit. Elle ressemblait à la sienne, mais en plus petit. Elle était mal fermée aussi. Des vêtements pendouillaient de chaque côté, comme si on les y avait jetés pêle-mêle. Longtemps, il avait fait sa valise de cette façon. Une boule, un magma de guenilles. Puis, au cirque, il avait appris. À force de voyager, une certaine discipline s'était imposée.

Dans la cuisine, Hugo mit des grains de café dans le moulin. Le téléphone sonna alors qu'il mettait le moteur en marche. Cacophonie. Il posa l'appareil sur le coin de la table, mais s'accrocha dans le fil. Le café à moitié moulu se répandit par terre et c'est Marthe finalement qui répondit :

— Ah ! Germain ! On parlait de toi hier, justement.

Charlie referma le livre. Le baiser de sa mère lui avait plu, mais des nouvelles de l'éléphant, c'était encore mieux. Il se redressa dans les coussins, se mit à califourchon sur l'accoudoir pendant que Hugo ramassait son dégât.

— Ah ! Elle n'a pas encore accouché ?

Le débit du colosse était rapide. À tout moment, Marthe mettait la main sur le récepteur et leur faisait un compte rendu. La gestation des éléphants étant de vingt et quelques mois, il faudrait encore être patient. Les vacanciers auraient le temps de partir, probablement. Danby pourrait mettre bas en toute quiétude.

Hugo s'était approché. Il voulait parler au géant. Charlie grimpait sur sa mère en collant son oreille à la sienne et c'était la pagaille. L'anarchie autour du divan. Mais c'est ça qui les rapprochait. Ensemble, ils pouvaient rire de n'importe quoi.

***

L'argent de la Barnum arriva au moment où Hugo s'y attendait le moins. Toute la fin de semaine, ils avaient travaillé aux plans d'aménagement du grand salon. Marthe avait même dressé la liste des matériaux et fait un devis sommaire. Le lundi, après avoir reconduit Charlie chez son père, ils mettraient le tout en branle.

Mais voilà, Hugo était enfoncé dans le divan. Il tournait et retournait cette note de la banque dans ses mains. L'argent était là. Un transfert suffisait pour avoir accès aux fonds, mais il n'y croyait pas. Il regardait autour de lui, l'air engourdi.

Le Parloir dormait toujours sur la table de la salle à manger, Marthe mettait une dernière main aux plans et

Hugo riait tout seul. Il pensait à ces numéros fabuleux qu'il aurait pu monter avec cet argent. Il ne regrettait rien, par contre. Tant mieux si la Barnum lui avait payé son dû. Il avait fait son choix !

Ce n'était plus un éléphant qu'il ferait danser sur la piste, c'étaient des livres qu'il ferait circuler dans le quartier. Avec Marthe, ils redonneraient vie à cette bibliothèque qui dormait là depuis des années. Et ils le feraient dans les règles de l'art.

Le calcul de l'épaisseur moyenne d'un livre multi-pliée par le nombre approximatif d'unités du fonds de librairie. Une cinquantaine d'étagères, une disposition réfléchie.

Marthe était un bourreau de travail. Quand elle s'y mettait, plus rien ne comptait. D'ailleurs, c'était comme cela qu'il l'aimait. Et il se leva pour aller chercher les matériaux avec elle. Mais de grosses larmes se mirent à couler le long de ses joues. Elle crut d'abord qu'il faisait le clown…

— Dis donc, qu'est-ce qui t'arrive ?

Hugo chercha à en rire, à faire semblant. Il agitait la note de la banque au-dessus de sa tête, comme la Statue de la liberté tenant son flambeau.

— *Money ! USA ! At last, free today !*

Mais Marthe n'en croyait rien. Il avait les yeux humides, il jouait la comédie. Elle s'approcha tout dou-cement, le prit par les épaules et le serra contre elle. Alors seulement, il reconnut :

— C'est toi qui me fais cet effet. Tu sais bien que ce n'est pas cet argent !

25

Le Salon bleu

Il y avait des matériaux de construction un peu partout au rez-de-chaussée. On avait livré des dizaines et des dizaines d'étagères. Elles étaient d'égale grandeur; il suffisait de les assembler, de les fixer les unes aux autres comme un jeu de meccano.

Charlie était là et c'était pour de bon! Dans ce branle-bas de combat qu'était la construction du salon de lecture, Marthe avait trouvé le temps de rencontrer Jean-Philippe. Une nouvelle fois, ils s'étaient mis d'accord. La solution que proposait Charlie était la meilleure. Pourquoi faire autrement?

Il n'y eut pas de déménagement proprement dit. Hugo sortit sa valise et, pendant trois jours, ils se promenèrent en taxi. Ces allers-retours les amusaient beaucoup et, petit à petit, ils ramenèrent toutes les affaires de Charlie.

Marthe se garda bien d'intervenir. C'était un jeu. Quand ils arrivaient à la maison, ils étalaient leur butin sur la table de la salle à manger, remettaient les valises dans l'entrée pour le prochain voyage et ils se mettaient à courir de tous les côtés. Une heure plus tard, c'était fait. Tout était rangé !

En fait, pendant les quelques jours de cette transition, Marthe se fit toute discrète. Elle feignait de s'intéresser à ce qu'ils avaient convenu d'appeler le « Salon bleu », mais elle ne les quittait pas des yeux. Plus tard, en soirée, lorsqu'elle se retrouvait seule avec Hugo dans la chambre, elle s'étonnait encore :

— Tu te rends compte ? Il est revenu. Il est là ! Sans toi, ça ne serait jamais arrivé…

— Tu exagères, Marthe. C'est aussi pour toi qu'il est revenu.

— Avant, il ne s'intéressait à rien. Maintenant, quand ce n'est pas le cirque, c'est Baudelaire. Tu entends ce qu'il raconte quelquefois, les mots qu'il lance comme ça ?

— J'ai du retard dans mes lectures, disait Hugo.

En l'enlaçant, il se plaignait de ne plus avoir accès à Baudelaire. Ce livre lui était pratiquement interdit. Mais elle riait. Elle riait de lui, et d'eux aussi. De tout ce qui leur arrivait en ce moment. Les soirs de pluie, ils se penchaient encore au-dessus de la fenêtre pour hurler dans la ruelle. Le mois d'août s'était englué dans sa chaleur humide. Les soirées fraîches de septembre se faisaient attendre, mais ils avaient tant à faire qu'ils n'y pensaient même pas.

Le Salon bleu était, d'une certaine manière, la solution à tout. Charlie, qui avait transporté des livres pendant des années, continuait de le faire, mais pour remplir les bibliothèques cette fois. Marthe avait un étonnant coup de marteau. Elle montait ces étagères avec un plaisir féroce, comme si elle se le promettait depuis toujours. Il ne restait rien de cette bibliothécaire à chignon dont il avait fait la connaissance, un matin de juin. Plus rien de sa demi-sœur non plus, avec qui il avait partagé Victor Daguerre, il y avait de ça longtemps.

Marthe avait rattrapé les petits bouts de sa vie, elle les remettait ensemble à coups de marteau et, le soir, pour se reposer, elle faisait de la musique. Elle jouait ces morceaux qui avaient toujours le même effet sur Hugo. Il s'approchait, il entrait dans la chambre et venait se blottir contre elle, câlin.

Pendant une bonne semaine, ils travaillèrent ainsi, sans sortir et sans prendre de nouvelles du reste du monde… sauf peut-être de Germain. Danby avait repris des forces et l'accouchement était imminent. Lui et Gaël attendaient avec curiosité l'arrivée de l'éléphanteau. Pour l'occasion, ils feraient sûrement une fête et souhaitaient que Charlie, Marthe et Hugo y assistent. Mais il y avait tant à faire, tant à préparer pour que le salon ouvre ses portes au début de septembre…

Tous les matins, vers huit heures, les travaux reprenaient. Ce jour-là, ils disposaient les premières bibliothèques dans le salon. Ils étaient tellement absorbés par ce travail que personne n'entendit d'abord frapper à la porte. Ce fut Hugo, finalement, qui enjamba la boîte d'outils et vint répondre.

Il voyait déjà la tête du client. Madame Blanche peut-être. Elle n'en croirait pas ses yeux. Même si les travaux n'étaient pas terminés, elle en resterait bouche bée. Il ouvrit la porte en retenant un sourire.

— Rien n'est pire que tout ! marmonna un petit homme, debout sur le seuil de la porte.

Marthe et Charlie ne s'étaient rendu compte de rien. Ils continuaient de trimballer des livres sans s'occuper de Hugo. Celui-ci voulut se retourner, revenir vers eux. Mais ses genoux se cognèrent ensemble. Il sentit une bouffée de chaleur lui monter au visage et il s'agrippa à la poignée de porte pour ne pas tomber.

L'expression de Bobby n'était ni sévère ni menaçante. En fait, il était livide lui aussi, aussi apeuré que Hugo. Pas un mot ne sortait de sa bouche. Le temps s'était figé ; l'instant semblait interminable. Et puis, le lanceur de couteaux plongea la main à l'intérieur de sa veste. Il en ressortit quelque chose de brillant.

— Non ! Pas ça !

Marthe tourna brusquement la tête. Charlie courait déjà vers l'entrée, mais c'était trop tard ! Hugo s'effondra comme une masse ! Devant lui, Bobby tenait toujours cet objet brillant dans sa main.

***

Quand Hugo ouvrit les yeux, c'est Charlie qu'il vit d'abord. Persuadé qu'ils avaient fait le voyage ensemble jusque dans les profondeurs de l'abîme, il referma les yeux. Le couteau de Bobby avait aussi atteint l'enfant, il devait y avoir du sang partout sur le plancher.

La colère s'empara de lui. Que cet assassin le poursuive d'un bout à l'autre de l'Amérique pour venir le poignarder sur le pas de sa porte, passe encore. Mais qu'il fasse du mal au petit, c'était insupportable !

— Hugo, il faut que tu te lèves ! Il faut que tu te tiennes debout !

Cela lui fit un drôle d'effet. Charlie était calme et il lui passait la main dans les cheveux. C'était très affectueux.

— Allez ! Debout. Lève-toi !

Une deuxième voix vint s'ajouter à celle de l'enfant :

— Ce n'est rien. C'est une broche qu'il voulait te donner. Un bijou qui appartenait à…

Hugo se passait la main sur le cœur, puis sur le ventre. Il n'y avait pas de blessures. Et Charlie qui se faisait de plus en plus insistant :

— Lève-toi… il veut te parler le monsieur !

Bobby se confondait en excuses, Hugo n'arrivait pas à bouger tellement il se croyait mort et Charlie n'en pouvait plus :

— *Et, comme un bon nageur qui se pâme dans l'onde,*
   Tu sillonnes gaiement l'immensité profonde

Il rigolait le petit. L'immensité profonde n'était rien d'autre que l'entrée de la maison, le poignard, tout juste un bijou !

— Je suis très, très désolé, disait Bobby en reculant sur la véranda. Je n'ai pas voulu te faire peur comme ça !

Son désarroi était bien réel. L'homme balbutiait sans arriver à dire quoi que ce soit. La broche lui brûlait les doigts et, brusquement, il se tourna vers Marthe pour la lui donner. Hugo était toujours immobile sur le plancher et, dans un geste d'une apparente bonne foi, Bobby se pencha vers lui :

— Allez mon ami. Il faut te lever. Rien n'est pire que tout !

Marthe les regardait, muette. De toute évidence, cet homme était celui dont Hugo lui avait parlé. Pourtant, il ne ressemblait en rien à ce qu'il avait dit. Beaucoup plus petit, nettement moins imposant. Il était fragile ce Bobby et quand Hugo se releva enfin, il se mit à faire des courbettes.

— Je m'excuse vraiment, mon ami. Je n'ai pas voulu te faire peur comme ça.

Ils étaient debout dans l'entrée. Marthe proposa de passer à l'intérieur. Charlie se mit à tourner autour d'eux.

— Toi aussi, tu travaillais au cirque avec Hugo ?

— Laisse, Charlie ! Laisse !

Bobby s'intéressa vaguement au petit. Mais il avait une langue bien à lui. Un mélange d'accent et de timidité. Quand il parlait, seul Hugo le comprenait.

— Il faut nous excuser, annonça Marthe en ouvrant la marche. Il y a des petits travaux, en ce moment.

Ils se retrouvèrent autour de la table, elle prépara du café et c'est Bobby qui ouvrit le bal en évoquant Oakland, l'accident d'Oakland. Marthe chercha à écarter le petit. Elle lui proposa d'aller lire au salon, ou dans sa chambre peut-être. Charlie l'ignora complètement.

— Arrivé à Chicago, ils m'ont dit que tu avais disparu. J'ai cru que tu étais mort.

— C'est à peu près ça, oui...

— L'accident, c'était déjà assez, tu ne trouves pas ?

Hugo ne sourcilla même pas. C'était la deuxième fois en autant de phrases qu'il employait le mot accident et il n'avait aucune réaction. Marthe, qui ne perdait pas un mot de la conversation, ne cessait de s'étonner. Non seulement Bobby ne ressemblait pas au portrait que Hugo lui en avait fait, mais le drame d'Oakland ne s'était peut-être pas passé exactement comme il l'avait dit.

En fait, Hugo ne réagissait à rien. Il était soulagé, il était content que ce soit terminé. Bobby était là devant lui. Il n'avait pas l'intention de le tuer. Pire encore. Il avait l'air plus effrayé que lui.

Marthe faisait tout pour que le moment soit agréable. Elle leur servit à boire et à manger. Les silences étaient parfois très longs, et puis une phrase tombait :

— Tu sais que je t'ai cherché. J'ai traîné pendant un mois en Floride. J'avais l'adresse d'une banque, une succursale à Tampa. Mais personne ne te connaissait là-bas !

Hugo retrouvait sa contenance. Le brouillard des premiers instants s'était dissipé. Il regardait Bobby et se demandait comment il avait pu avoir si peur de cet homme.

— ... mais ça va mieux, disait-il. Ça va bien maintenant. Je t'ai retrouvé, on va pouvoir travailler.

— Non, pas pour moi. Je suis très bien ici.

— Comment ça, pas pour toi ? Quand on a trente ans et qu'on a sa place chez Barnum, on ne prend pas sa retraite !

— Trente-trois ans. J'ai trente-trois ans, disait Hugo.

— C'est la même chose !

Bobby reprenait du poil de la bête, lui aussi. Il était très agité. Très inquiet de l'attitude de Hugo. Charlie, lui, en bavait de plaisir. Il entendait tout, il en avait plein la vue. À court d'arguments, Bobby se tourna vers Marthe :

— Vous savez, c'est un grand au cirque ! Un *natural* comme disent les Américains. Il est drôle. Très, très drôle.

Marthe n'en doutait pas. Elle s'en était bien rendu compte. Mais c'est l'incident d'Oakland qui l'intriguait. Ils avaient à peine effleuré le sujet mais, chose certaine, Bobby n'avait rien d'un tueur et, s'il l'avait suivi jusqu'ici, ce n'était pas pour lui faire la peau.

— Il faut qu'il revienne au cirque, madame. Vous devez lui faire comprendre ça !

Les yeux de Marthe allaient de l'un à l'autre. Bobby était sincère, cela se voyait, alors qu'un voile de mystère planait sur le visage de Hugo.

— Pourquoi je retournerais au cirque ? disait-il. Avec Marthe, on a un projet dans le salon.

D'une surprenante courtoisie, Bobby s'inclina alors devant elle :

— Vous vous appelez Marthe. C'est un joli nom.

Il avait de belles manières, un peu à l'ancienne. C'était un homme charmant et elle lui tendit la main.

— Je m'appelle Marthe... je suis une amie de Hugo. Une amie de longue date.

Il prit sa main et l'embrassa. Flattée, elle se tourna vers son fils d'un geste ample :

— Et lui, c'est Charlie !

— En fait, précisa tout de suite Bobby, mon nom c'est Lazlo Tisza. Je suis Bulgare, mais là-bas, chez les Américains, ça faisait mieux d'être gitan.

Hugo eut un léger tressaillement. Lazlo qui ? Il n'avait jamais entendu ce nom auparavant, ni rien de ses origines bulgares. Charlie, qui retenait sa langue depuis trop longtemps, profita de sa surprise pour demander :

— Et vous monsieur, qu'est-ce que vous faites au cirque ?

— Moi, je suis lanceur de couteaux !

La question avait paru anodine. La réponse les figea tous. Charlie, le premier, retrouva la parole :

— Lanceur de couteaux ! J'aimerais bien essayer, voir comment ça marche !

26

L'invitation au voyage

Hugo m'a menti. Il ne m'a pas dit toute la vérité. Depuis que Lazlo Tisza, alias Bobby, est avec nous, ils en reparlent souvent. Ils prennent chacun leur part de responsabilité dans cette affaire. D'abord ce code ; cette entente qu'ils avaient de ne jamais relever la tête, de ne jamais regarder. C'est ce que Hugo avait fait, ce soir-là, à Oakland. Le lanceur de couteaux aurait apparemment été déconcentré.

Le plus étrange dans tout cela, c'est que Hugo ne conteste pas. En fait, Bobby lui-même s'en charge. Il admet volontiers qu'il était jaloux... mais qui ne l'aurait pas été de Sally ? Il buvait, aussi. Ça, il en convient. Quelquefois avant le spectacle. Mais, ce soir-là, il n'avait pas pris une seule goutte. Il avait fait une colère, il s'était engueulé avec sa nièce, mais il n'avait pas bu d'alcool. Et même sur cette question, Hugo est d'accord.

Ils passent des heures à reconstituer l'incident. Rien n'est laissé au hasard. Ils vident la question jusqu'à s'en étourdir. Mais chaque fois, ils reviennent au même point. Ce soir-là, à Oakland, tout ce qui ne devait pas arriver leur est tombé dessus. Si l'un avait contenu sa colère, si l'autre n'avait pas relevé la tête, s'ils n'avaient pas autant aimé Sally tous les deux. Si, si, si…

Lazlo s'est installé sur le divan. Les travaux du Salon bleu ont été interrompus, mais ils ont promis tous les deux de m'aider demain à finir d'assembler les étagères et à ranger les derniers livres.

Je les imaginais incapables de s'entendre, ennemis jurés, rompus à la rivalité. Ils sont toujours ensemble et ils s'entendent comme larrons en foire. Quelquefois, pour changer, ils parlent de cirque, du numéro que Lazlo voudrait monter. Les premiers jours, Hugo ne voulait rien entendre. Son choix était fait. Il resterait ici, à s'occuper des livres. Maintenant, il n'offre plus aucune résistance. Il en parle comme si c'était un jeu. Il adore imaginer le numéro idéal.

Ça va faire trois jours que Lazlo est avec nous. Je m'y suis attachée. Et Charlie aussi, d'ailleurs. Il connaît plein d'histoires, il raconte toutes sortes d'anecdotes à propos de Hugo, de son talent et des foules qui croulaient de rire devant ses pitreries. Il ne m'a pas tout dit, certes, mais j'ai peut-être manqué d'attention. L'artiste dont parle Lazlo, cet amuseur de foules, il m'a complètement échappé. Peu importe. Le soir quand je joue du Parloir, il laisse Lazlo en bas et vient me rejoindre. Je rejoue ce morceau, celui qu'il aime, et il vient rôder par là.

Mon enfant, ma sœur,
Songe à la douceur
D'aller là-bas vivre ensemble !
Aimer à loisir,
Aimer et mourir

Je joue les yeux fermés. Il ne me touche pas, mais je sais qu'il est là. Le lit fait des vagues, on entend le clapotis de l'eau.

Vois sur ces canaux
Dormir ces vaisseaux
Dont l'humeur est vagabonde ;
C'est pour assouvir
Ton moindre désir
Qu'ils viennent du bout du monde.

On pourrait croire que le loup est dans la bergerie. Lazlo Tisza a entrepris de convaincre Hugo. Il veut le ramener au cirque. Je devrais chercher à le retenir, mais je n'en fais rien. Je joue du Parloir plutôt… Et il vient vers moi, il vient dormir à mes côtés.

Les soleils couchants
Revêtent les champs,
Les canaux, la ville entière,
D'hyacinthe et d'or ;
Le monde s'endort
Dans une chaude lumière.

Je sais qu'il va partir, qu'il va retourner au cirque. Il s'est fait un nom là-bas. Il est devenu quelqu'un, paraît-il. Ça aussi, il avait oublié de me le dire. Mais Lazlo Tisza s'en est chargé. Il va repartir, je l'aime et je veux y aller avec lui. J'attends qu'il m'invite. La maison de Victor Daguerre peut attendre. Le reste du monde aussi. Charlie voudrait bien être du voyage. Il veut monter un numéro. Il est persuadé qu'il y a une place pour Baudelaire au cirque.

Collection 10/10

Paul Ohl (suite)
Soleil noir

Jean O'Neil
Le Fleuve
L'Île aux Grues
Stornoway

Francine Ouellette
Les Ailes du destin
Le Grand Blanc

Lucie Pagé
Eva
Mon Afrique
Notre Afrique

Fabrice de Pierrebourg et
Michel Juneau-Katsuya
Ces espions venus d'ailleurs

Jacques Savoie
Le Cirque bleu
Raconte-moi Massabielle
Le Récif du Prince
Les Soupes célestes
Une histoire de cœur

Louise Simard
La Route de Parramatta
La Très Noble Demoiselle

Matthieu Simard
Ça sent la coupe
Échecs amoureux et autres
 niaiseries
Llouis qui tombe tout seul

Cet ouvrage a été composé en Dolly 9,5/12
et achevé d'imprimer en juillet 2010 sur les presses de
Imprimerie Lebonfon Inc. à Val-d'Or, Canada.